IMAGINE A ESTREIA de um escritor branco, de classe média, na faixa dos trinta anos, que vive em uma grande cidade brasileira. Imaginou? Agora esqueça tudo, porque isso não tem nada a ver com o que você tem em mãos. É no mínimo um alívio abrir um livro — sobretudo um primeiro livro — e constatar que ele poderia ser fruto da inteligência de um ancião japonês, de um veterano de guerra israelense, de um príncipe africano ou de uma caminhoneira sueca desastrada que finalmente descobre para que servem suas mãos.

Em *Idioma de um só*, Ricardo Koch Kroeff deixa de lado as agruras do jovem burguês que vaga pela metrópole em busca de sentido para sua existência e nos traz um surrealismo tão fora de moda que talvez seja uma forma mais honesta de olhar para o nosso próprio tempo. Mais que um deslocamento do olhar e uma recusa consciente ao realismo, este livro aposta em um exagero de formulações poéticas e metáforas — em uma saturação sinestésica em que imagens, cores e sons se desprendem dos objetos e vagam livres, sem as amarras do tempo ou do espaço.

Fora isso, é difícil dizer do que trata o livro. Às vezes, *Idioma de um só* será uma coreografia. Outras vezes, será uma pintura, uma sinfonia ou um número de mímicos. Em certos trechos, vai parecer que alguém está cozinhando uma sobremesa desconhecida na cozinha. E, em alguns momentos efêmeros, bem poucos, *Idioma de um só* vai até mesmo parecer um livro.

CRISTIANO BALDI

isto não é uma
editora

RICARDO KOCH KROEFF
IDIOMA DE
UM SÓ
não • editora
Porto Alegre • São Paulo
2016

Conselho não-editorial
Antônio Xerxenesky, Guilherme Smee, Gustavo Faraon, Luciana Thomé, Rodrigo Rosp, Samir Machado de Machado

Capa
Samir Machado de Machado

Projeto gráfico
Guilherme Smee

Ilustrações
Christine Gryschek (pág. 126-127) e Ricardo Koch Kroeff

Foto do autor
Betina Dalla Rosa

Preparação
Julia Dantas e Rodrigo Rosp

Revisão e tradução
Fernanda Lisbôa (português), Daniela S. C. Alves e Natalia B. Polesso (francês), Rita Macedo e Tanize M. Ferreira (inglês)

Dados Internacionais de Catalogação na Publicação (CIP)

K77i Kroeff, Ricardo Koch
Idioma de um só / Ricardo Koch Kroeff. — Porto Alegre : Não Editora, 2016.
144 p. ; 21 cm.

ISBN: 978-85-61249-59-5

1. Literatura Brasileira. 2. Contos Brasileiros. I. Título.

CDD 869.937

Catalogação na fonte: Ginamara de Oliveira Lima (CRB 10/1204)

Editorial
Av. Augusto Meyer, 163 sala 605
Auxiliadora — Porto Alegre — RS
contato@dublinense.com.br

Comercial
(11) 4329-2676
(51) 3024-0787
comercial@dublinense.com.br

“Os brancos não sonham
tão longe quanto nós.
Dormem muito, mas só
sonham consigo mesmos.”
Davi Kopenawa Yanomami
em *A queda do céu*

**Para minha
mãmãzía que, como o
amor que nos conecta,
nunca envelhece.**

**Para os artistas,
responsáveis pela
criação da melhor &
mais respeitada doença
do mundo.**

**Para as pessoas que
não desistem de lutar
para existir.**

(índice)

AUTORAS CONVIDADAS

Ruxandra
Dragomir

Ruxandra Dragomir caminha nos azulejos creme, desce as pequenas escadas entre paredes de pedras verdes e pisa no tapete laranja de pó de tijolo da quadra de tênis.

A quadra enterra os tenistas dois metros dentro do chão. Ruxandra olha para a torcida que não é sua. Eles crescem em cima e ao redor dela.

Põe sua raqueteira na mesa redonda e branca de metal pintado com furo no meio para um guarda-sol que não veio. A mesa parece reclamar: a mesa, redonda e branca com furo no meio para guardar o sol que não veio, diz ter nascido naquele clube de tênis, mas para receber, aos domingos, famílias coloridas de biquíni, filés à milanesa marrom-crocante cortados em xadrez, limonadas suíças verde-claras com leite condensado e um pequeno guarda-chuvinha próprio. A mesa aceitaria uma vez que outra trabalhar mais duro e se sujar no segurar de um picolé de uva do filho mais novo da família francesa de sobrenome Renard. O móvel insiste que nasceu para morar ao lado de piscinas azul-turquesa, se possível térmicas, redondas e infantis. Diz que só aceitaria ser retirada dali junto de suas irmãs-gêmeas para que fossem cobertas quando da época das chuvas. Mas a mesa foi jogada na quadra de tênis, retirada dos azulejos creme que envolvem a piscina, descida pelas escadas de paredes de pedras verde-musgo e posta no tapete cheio do pó vermelho de tijolo destruído. Foi deixada ali, furada e exposta para que, no fim, não receba nem um guarda-sol nem um guarda-chuva, nem uma toalha de mesa ou um afago: "Boa mesa, boa mesa".

Uma raquete sai de dentro da raqueteira que esconde outras quatorze raquetes iguais àquela, mas que não são iguais àquela, ou Ruxandra Dragomir não sentiria pelo grip que: é essa.

A raquete original de Ruxandra é uma Yonex Ayx-en-Provence branca, a única raquete de cabeça quadrada existente no mundo. No entanto, há três meses, a Yonex lançara uma nova raquete, em homenagem e assinada por Nadiezda Maleeva, a russa número dois do mundo. Ruxandra entrou no torneio como número 127 do mundo. Hoje, enfrenta Maleeva.

— Mas não é a raquete que eu uso — disse Ruxandra.

— Mas é a raquete que você vai usar — respondeu a representante da Yonex —, entende, Roxa? Não tem como lançar essa raquete que você usa, essa raquete já existe. A gente teve que criar uma nova. As pessoas não compram coisas que já compraram.

Depois de algumas discussões, Ruxandra acabou aceitando pintar suas raquetes de forma que elas parecessem iguais à da Edição Maleeva: um circo ridículo de cores.

Roxa adorava o branco clássico e agora antigo de sua Ayx--en-Provence. Pelo menos, por baixo da pintura, manteria tudo da antiga Yonex, inclusive a cabeça quadrada.

Aqui, na beira da quadra, segurando o grip com a canhota e batendo com a mão direita nas cordas da raquete para testar sua tensão, observa: não é a mesma coisa. Essa raquete se entregou. Deixou-se pintar de coisa que não é. Só falta pôr um vestidinho e mandar desfilar. Uma sainha, melhor. Sainha de tenista americana patrocinada pela Lacoste.

Ruxandra Dragomir entra na quadra e senta no banco branco de madeira pintada que serve ao descanso dos jogadores. Ruxandra inspira - expira – inspira — expira. O banco de madeira branca pintada que serve ao descanso dos jogadores diz que também não pertence àquilo ali, o banco diz que deveria estar com sua cor natural de madeira sincera, na grande sombra de uma árvore média em um parque pequeno. Teria os pés na grama verde e, no colo, o banco receberia um casal de velhinhas lésbicas que come, cada uma, uma casquinha de sorvete com sabor da cor do cabelo da outra. Uma grisalha com flocos e a outra loira com doce de leite. Cinquenta segundos e trinta anos se passariam e as velhinhas lésbicas se olhariam, trocariam as casquinhas de sorvete de mãos, e é aí que a velhinha de cabelo moreno com suas raspas de coco & caspa finalmente responderia a pergunta que sua velha namorada, de cabelo castanho com cobertura de baunilha, já haveria esquecido qual era.

Ruxandra Dragomir olha para o próprio peito que enche e esvazia, cansado, aquecido. Ela não lembra de ter feito nenhum aquecimento nem de ter trocado bolas ou cumprimentado sua adversária ou a torcida, mas fez tudo isso de forma automática enquanto imaginava senhoras de cabelos com cor de sorvete.

A adversária, Nadiezda Maleeva, já está de pé, apoiada na rede que divide a quadra, quando o juiz francês empurra Ruxandra com os olhos enquanto sua voz avisa, em francês e inglês, que as jogadoras devem começar o espetáculo que prometeram exibir.

Ladies and gentlemen, welcome to Roland Garros final round. To the left of the chair, Mrs. Nadiezda Maleeva, to the right of the chair, Mrs. Ruxandra Dragomir. Mrs. Dragomir won the toss and elected to serve.

Time, prepare to play. Mrs. Dragomir to serve.[1]

Ruxandra Dragomir se dirige à linha de base, crê que agora seu pensamento já esteja matemático e geométrico como as linhas retas da arquitetura prensada na quadra de tênis, mas quando Ruxandra eleva a bolinha amarela no alto, em contraste com o céu azul-bebê, a bolinha peluda parece um animal descabelado vindo de um desenho da Disney onde deve ser chamada por um nome rechonchudo como Pômpi.

A bolinha de tênis chamada Pômpi sobe quietinha e para no ar; arrepia, fecha os olhos de cílios longos, contrai a face gordinha e espera. Pômpi sente que Ruxandra puxou das costas um tubarão com cabeça de martelo que nada rápido na sua procura através do mar azul-bebê que é o céu. Pômpi espera, espplaft!, e Pômpi já foi e Pômpi já voltou.

---

1 Senhoras e senhores, bem-vindos à final de Roland Garros. À esquerda da cadeira, Sra. Nadiezda Maleeva, à direita da cadeira, Sra. Ruxandra Dragomir. Sra. Dragomir ganhou o sorteio e escolheu sacar. Tempo, preparem-se para jogar. Sra. Dragomir sacando.

Quando volta, Pômpi parece outro animal, mais vivo, giratório, impossível de parar, um animal que foi calmo e agora é puro movimento. Ruxandra tenta devolver Pômpi para o outro lado, mas ele é pego por uma rede negra de pesca, que caça e mata o Pômpi.

O corpo da bolinha Pômpi, sem alma, sem jogo, rola devagar e para num lugar qualquer, sem importância para ninguém. Love-fifteen, diz o homem na cadeira de salva-vidas. Ruxandra diz para si mesma: Não é culpa sua, Pômpi. Não é sua culpa. É culpa do primeiro saque fraco, da cabeça na lua, do jogo de pernas lento.

Em quadra, apesar dos dezoito anos, Ruxandra Dragomir não se sente nem faz os outros sentirem que é apenas uma menina. Aos dezoito anos e um metro e setenta e nove de altura, Roxa está na final de Roland Garros, um Grand Slam profissional com premiação de setenta e cinco mil dólares, e não pretende perder.

Mas, ao sair da quadra, em direção ao quarto de hotel, será de novo apenas uma menina, quieta, indo falar com agentes da imigração americana que a esperam para que assine alguns papéis e possa embarcar para seu novo país. Será que eles providenciaram uma casa? Provavelmente, não. Vai ser um quarto de hotel, diferente de um quarto de hospital só pela paleta de cores. Mesmo assim, hoje, 13 de julho de 1975, depois da partida, na sala de imprensa, de banho tomado, ganhando ou perdendo, se sua voz não falhar, Roxa dirá: I'm defecting Chekoslovakia and applying for political asylum in the United States of America.[2]

---

2 Estou desertando a Tchecoslováquia e pedindo asilo político nos Estados Unidos da América.

Sua família não virá. Não terão autorização do governo para sair da Checoslováquia. Mesmo se tivessem autorização, Roxa não sabe se viriam. Estão velhos. Desertar é coisa para quem tem perna. Talvez a irmã. Quando será que poderá rever sua mãe, seu pai? Se a irmã tivesse vindo... Não virá. A verdade é que a mãe demorará quatro anos para conseguir vir vê-la nos Estados Unidos, a irmã demorará cinco. O pai: cinco também. A namorada, Magalita, Roxa nunca mais verá. Queria — devia — ter dado tchau melhor. Será que vou poder dizer que sou homossexual antes de receber meu Greencard? Não, não poderá.

Apesar de seus dezoito anos, Roxa sente que, quando sentar na sala de imprensa, inclinar o pescoço em direção ao microfone e disser as palavras I'm defecting Chekoslovakia and applying for political asylum in the United States of America, as palavras serão sugadas com força pelos fios vermelhos e pretos que, como cobras, sempre se arrastam pelo chão das salas de imprensa. As palavras vão viajar pelo estômago das cobras e serão travestidas por seus intestinos. Ovos, fezes e palavras de cobra serão cuspidos nos ouvidos da Mãe Rússia, que responderá: Ruxandra Dragomir sofreu hoje uma derrota aos olhos do povo. A Checoslováquia ofereceu todos os meios para seu desenvolvimento, mas a senhora Dragomir deu preferência a uma duvidosa carreira profissional e uma gorda conta bancária.

Dentro da cabeça de Roxa, o líquido ácido do esquecimento preencherá os sulcos entre os azulejos de sua antiga casa de chão pobre onde a família de Roxa já não espera pela filha que vai & não volta.

Não volta, não importa o quê! Eles podem fazer a gente

implorar pra você voltar, mas você não pode ouvir a gente. Não-volta-pra-casa!, disse o pai de Ruxandra no telefone enquanto ela lembrava, não sabe por quê, da enchente de 1971 na Checoslováquia, quando viu um Husky Siberiano branco passar, morto, boiando na frente da casa.

Ruxandra Dragomir despisca as pálpebras e se vê correndo no tapete vermelho dos destroços de tijolo da quadra de tênis para pegar uma bola que acaba de quicar duas vezes e portanto não vale mais nada.

Game, set, 6-4, Nadiezda Maleeva.

Roxa perde o primeiro set sem nem saber para quem. Se perder o segundo, acabou.

Perdendo, talvez não tenha coragem de abandonar a Checoslováquia. Sabe que o tênis é sua única chance de fugir. Opta, Roxa, ou o tempo optará por ti. Sem mesas de piscina agora. Sem bancos de praça, sem velhinhas com perucas cor de sorvete, sem bolinhas de pelúcia. A bolinha é do peso que é. Só as linhas da quadra existem, mais nada. Nada de besteira! Cresce! Cresce agora, Roxa!

Não dá certo. Ruxandra, que no set anterior estava com os músculos e as coragens encurtadas, mandando bolas demais na rede, agora vai à rede e voleia: para fora. Está exagerando. Tênis é um jogo de equilíbrio, não é feito só de vontade e força. Ruxandra grita, puxa os próprios cabelos curtos, loiros, cortados em forma de pinico, e pisa na garganta triangular da sua raquete, quebrando-a bem onde fica a assinatura que diz: Edição Maleeva.

Warning, Mrs. Dragomir. Racket abuse.

Roxa grita You piece of hovno![3]

---

3 Advertência, Sra. Dragomir. Abuso de raquete. / Roxa grita Seu pedaço de hovno!

O juiz de cadeira não sabe o que significa hovno, e as coisas ficam por aí.

4x3 para Maleeva. Maleeva sacando provavelmente fará 5x3 e estará a um game de fechar o jogo e ser tricampeã de Roland Garros.

Maleeva faz 5x3. Ruxandra confirma seu serviço e diminui para 5x4. Maleeva irá sacar para o campeonato. Ou Ruxandra volta para o jogo, ou volta para Praga.

Intervalo. Ruxandra Dragomir senta no banco e pega uma banana da raqueteira. Potássio. Roxa tira a casca e nota que a banana está podre e preta por dentro. Ela olha para a casca no lixo: linda e amarela. Roxa joga fora a banana podre e quando vai pegar outra abre a parte errada da raqueteira, vendo uma mísera última raquete Yonex Ayx-en-Provence escondida, branca, despintada, sem circo, sem Maleeva.

Roxa come a banana nova, olhando para o branco dentro da raqueteira. Pega a raquete quebrada do chão, joga dentro da raqueteira, junto das treze outras raquetes circenses da Edição Maleeva. Desembainha a Ayx-en--Provence branca e entrega o resto da raqueteira inteira e aberta para o pequeno boleiro francês de Roland Garros. Ela diz, com seu inglês rude:

— Garbage.

— Qu'est-ce que je fais?

— Garbage. Throw away for me.[4]

O boleiro francês acha que entende e põe a raqueteira num canto, longe. Roxa chama ele de novo.

— No, out of the stadium, please[5] — Ruxandra tenta

---

4 — Lixo. / — O que eu faço? / — Lixo. Jogue fora pra mim.

5 — Não, fora do estádio, por favor.

apontar para fora do estádio, mas tudo que há é estádio. Só uma árvore resiste mais alta que as arquibancadas do complexo central de Roland Garros. Ruxandra aponta para a árvore e faz uma parábola, como se jogasse a raqueteira na árvore, por cima da arquibancada.

A torcida se anima, começa a se atiçar com o teatro mímico. O boleiro francês lê o nome da adversária na raquete quebrada que pula para fora da raqueteira e entende. Leva a raqueteira pelo túnel e volta sem ela. A torcida aplaude. Roxa abaixa o tronco, põe uma das mãos na barriga e outra em direção ao pequeno boleiro francês, agradecendo-o sem palavras como um mudo sem mercis. As tenistas profissionais possuem dezenas de raquetes, todas iguais, para o caso das cordas estourarem, a raquete quebrar, perder tensão ou outros percalços. É impossível jogar com as cordas rompidas, e as cordas rompem usualmente. Isso, agora, já não pode acontecer com Roxa. Ruxandra tem apenas uma raquete em seu repertório. Ela levanta essa última raquete, mostrando ao público, como uma toureira, o florete com que matará Maleeva. O público delira. Entendem: Roxa está all-in.

De todas as trinta e sete línguas que transmitem o evento, os narradores alemães são os mais empolgados:

— Wunderwaffe! Wunderschläger! — gritam, sobre a última raquete branca de Roxa.

A nova Ruxandra não espera para quebrar o saque de Maleeva e o faz sem perder um ponto sequer: 0-15, 0-30, 0-40, e fecha em um minuto e meio o game. Maleeva e Ruxandra procurarão esta parte do jogo, esse momento--chave, quando assistirem no futuro às reprises dessa final.

5x5. Ruxandra Dragomir to serve.

Roxa devolveu a quebra, mas ainda saca na beira da derrota. Ela se posiciona atrás da linha de base para o saque, a um milímetro de distância. É o mesmo espaço que ela tem para o erro: zero. Ela saca. Footfault!, grita o juiz de cadeira, invalidando o saque de Roxa por ela ter, supostamente, pisado na linha. Há um juiz específico para isso e este não cantou nada, mas o juiz de cadeira talvez ainda esteja pensando no que piece of hovno significa. Ruxandra olha para o juiz como se fosse sacar na cabeça dele com toda a força. Olha de volta para a bola, olha para Maleeva. Segundo saque. Se errar, é dupla falta e 0-15. Roxa tem de dar um saque mais fraco. Maleeva sabe disso e avança um passo e meio para dentro da quadra, pensando em atacar. Ruxandra retira força e profundidade, elementos perigosos para ela num segundo saque, mas põe spin e ângulo em troca do que tirou. Como a bola vai mais devagar, mais alta, Roxa tem mais tempo e sobe à rede. A bola volta assustada. Roxa não tinha subido à rede no segundo saque durante o jogo inteiro. Maleeva acaba de descobrir o que toda torcida já havia percebido: Ruxandra Dragomir agora é o nome de um tsunami que só anda para frente e só acaba depois de destruir tudo que não é mar. Maleeva tenta a passada na cruzada, onde a rede fica num ângulo mais baixo, e falha: Pleft!, a bola explode na rede. 15-0 Ruxandra.

Você tem que saber ver os sinais. O momento de percepção da vitória não acontece quando o juiz acaba e avisa que você ganhou. No momento que isso acontece, os sinais já avisaram faz muito tempo. Você tem que saber que há pontos que você vai ganhar, que são seus por direito, e há pontos que você não vai ter chance: o máximo a ser feito é deixar que eles passem. Você tem que saber sofrer. Aces sofridos, por exemplo; saques perfeitos, sem chance: sofra e esqueça. Uma passada fenomenal: sofra & esqueça. Mas há os pontos que não pertencem a ninguém. Esses são de quem quiser mais & melhor. São de quem procura os sinais de vitória muito antes do jogo começar. São de quem começa a disputar esse ponto antes de entrar na quadra. Muito antes de viajar à França. São de quem já queria esse ponto antes mesmo dele existir. São de quem sabia que esse ponto viria e se preparou para recebê-lo há muito tempo, assim como preparamos a casa para receber alguém que odiamos muito. Esses pontos são de quem, no milésimo treino do mês, um treino chato e cheio de sol grudento numa quadra pública, dura, nublada, treina enquanto as amigas se penteiam no espelho para ir ao colégio, são de quem treina suada enquanto as amigas pintam cores na pele para receber olhares na direção de seus corpos & gestos. Enquanto tudo isso acontece na vida das outras pessoas, você se prepara para receber uma bolinha amarela específica que não sabe como nem quando virá.

A bolinha vem. É um slice de Maleeva. Um golpe suave que corta a bola como se fosse uma maçã e você quisesse só um pedaço. O efeito faz a bolinha girar para trás. Quando a bola quica, quase não sai do chão, fica muito baixa e faz com que não haja espaço no mundo entre o chão & a bola para que uma raquete caiba e, com suas cordas, mude a vida da bolinha.

Ruxandra dobra as pernas, muda a empunhadura da Ayx-en-Provence, se agacha & explode todo o peso do corpo para trás. A bolinha sobe, sobe, como um avião tenta desviar de uma montanha, a bolinha sobe, tentando evitar a rede. Passa a rede, mas Maleeva já está grudada nessa mesma rede, esperando. Ela voleia curto, suave & sem quique de novo. Roxa, que ainda estava puxando o manche para trás, tem de reverter os motores e correr com tudo que tem para cima da bolinha que tenta obedecer à gravidade & cair. Roxa escorrega seu tênis no pó de tijolo, põe a raquete branca de novo entre o chão & a bola e agora tem de escolher: ou joga a bola do lado mais óbvio de Maleeva, porque menos difícil; ou joga do lado mais surpreendente, o lado mais difícil. Ruxandra não escolhe nenhum dos dois. Escolhe um golpe eticamente duvidoso & polêmico, mas permitido: a bola no corpo. Maleeva, que, como todo tenista, presta atenção nos lados de seu corpo para não deixar a bola passar, vê a bolinha amarela vir em direção à sua cara. Maleeva tenta, num ato desesperado & desajeitado, girar o corpo, como se fosse dar uma estrelinha na praia, e assim trocar sua face por sua raquete. A raquete não chega a tempo, a bolinha bate no pescoço de Nadiezda Maleeva, que perde o ponto.

Esses são os momentos que são comemorados com um grito aberto dentro de um punho fechado que soca o ar. A percepção de vitória vem aqui, antes do fim, quando se ganha um desses pontos de ninguém. O talvez se transforma em talvez sim. Mais um game disputado, uma sorte que cai do seu lado, um segundo saque arriscado que entra por pouco, uma buscada lá no canto da quadra, um smash facílimo que Maleeva erra, uma cabeça baixa do outro lado da quadra e o talvez sim sai da sua cabeça e dá lugar ao simples Sim. Sim. Sim, é lógico, é justo, é óbvio: Eu vou ganhar.

Quando o juiz avisar que acabou e você venceu, você não vai comemorar porque a surpresa não estará lá, naquele lugar onde deveria estar, onde está nos filmes. O Sim se esconde no meio do jogo, e você tem de senti-lo aos poucos. Não é a voz de um juiz que define quem será campeã. São os sinais, os abanos que a vida lhe dá, dizendo "Vem, vem, vem". É você, com dezesseis anos em um treino, vencendo pela primeira vez um set de seu treinador, homem, ex-número 80 do mundo, e o olhar dele para você, um olhar assustado, um olhar de "quem é você?". Eu sou a mais jovem campeã de Roland Garros.

Roxa observa Maleeva se movimentando em direção à toalha de rosto no canto da quadra, 6x6, mas a adversária se arrasta. Sua raquete circense parece a coleira de um filhote de hipopótamo. Maleeva respira pela boca e não consegue beber água, pois teria de parar de respirar para fazer isso. Está morta, é só colar as pálpebras e enterrar. Se Roxa ganhar esse segundo set, mesmo que o placar diga 1 a 1 em sets, Roxa será campeã de Roland Garros. Sabe disso. Será um baque grande demais para a moral de Maleeva levantar e voltar para o terceiro set, muito grande para a idade de Maleeva, para a vontade de Maleeva de vencer pela terceira vez isso tudo.

O sinal dá esperança a Roxa e ela começa a puxar a corda dessa esperança para a realidade: desiste de ganhar os pontos. Seu único objetivo agora é: cansar, frustrar Maleeva. Envelhecê-la. Maleeva, ao fim disso, tem de estar roxa como uma unha caída.

Roxa manda o primeiro saque e não vai mais à rede. Ir à rede é decisivo demais, os pontos acabariam rápido demais. Maleeva cansa o olhar só de ver a miragem de Ruxandra lá no fundo, pequenininha, jogando uma bolinha amarela que se transforma num sol inteiro quando chega do seu lado da quadra. De um lado para outro, em ângulos cada vez mais ladeados, a bolinha corre. Sendo canhota, Roxa troca seus forehands, fáceis de executar — e por isso executados com uma mão só — por backhands de duas mãos exaustas de Maleeva, que tem de usar todo o quadril para gerar força. Ruxandra perde o primeiro ponto do tie-brake, mas sorri. Maleeva não entende o porquê do sorriso, mas no momento só quer que tudo acabe. Para Roxa, não interessa na conta de quem caiu o ponto. Ele durou dois minutos e meio. Setenta e uma trocas de bolas. Isso é que importa. Maleeva está morrendo e cada raquetada que dá custa-lhe um grito.

Confusa e frustrada, Maleeva vai para o banco no momento errado. No tie-brake, troca-se de lado na quadra a cada seis pontos jogados, e o tie-brake está 6x5 para Ruxandra Dragomir, ou seja: onze pontos jogados. A torcida e o juiz não sabem se ela acha que o jogo acabou. Maleeva percebe o erro, bufa, e volta para a quadra: Roxa saca um ace angulado, forte, espinhoso. Um saque perfeito. Nadiezda Maleeva volta para o banco de onde veio sem encostar na bola.

Game, set, Ruxandra Dragomir.

Prepare for a third and decisive set.[6]

---

6 Preparem-se para o terceiro e decisivo set.

Solidão de baleia

"É impossível não ouvir. É impossível não ver. É impossível não interpretar. É apenas possível fazer tanto dessas coisas primárias que, quando o visto, ouvido, interpretado chega a nosso aparato sensível, não há mais nenhuma amostra de realidade para que ele possa sentir. É possível, portanto, não sentir."

Goetraumt Kochniteasche

Eu tentava não ver, meus olhos eram portas trancadas. Alice entrou em mim como uma carta chinesa. Deslizava por baixo da linguagem, por dentro dos desenhos das letras, não me deixava entender o que dizia, mas ainda assim eu tinha certeza que dizia alguma coisa.

Todos os dias deixava uma carta embaixo da minha porta. Nas cartas, descrevia, cada vez, uma parte de si mesma. Não uma parte clássica — bunda, peitos, olhos, coração, cabelo, mãe, pai, etc. —, Alice descrevia a curva do seu tornozelo, a primeira vez que caiu de joelhos no chão, dava nomes às cartas: *Sobre a parte alta & interior da minha coxa esquerda, que parece uma bochecha, Sobre a vez que entendi que minha mãe não tinha talento, Quando minha colega me ensinou a olhar sem mostrar que eu estava olhando, A vez que testei de quão longe eu conseguia deixar duro o pau do meu namorado, As três coisas que eu quero dizer quando mexo meu cabelo de três formas diferentes.*

A cada carta ela ia me destrancando como se meus olhos fossem os primeiros botões de uma calça jeans.

Eu andava apavorado, olhando para baixo na vizinhança. Não queria vê-la porque lembrava de uma regra dum antigo esconde-esconde juvenil: se você pode ver alguém, esse alguém pode ver você. Meu corpo ansioso andava pelo bairro entubado em um vestido preto de mulher, descrito na carta setenta e um, de título: *O vestido que usei ontem (até o momento que não usei mais).*

Era incrível. Quando vinham, eu não sabia se as cartas seriam eróticas, infantis ou analíticas. Quando o papel de carta azul-turquesa aparecia embaixo da minha porta, abria-se um guarda-chuva inteiro no meu espírito, sem saber por onde Alice tentaria entrar em mim dessa vez. Eu não tinha poder sobre o que as palavras dela fariam comigo, no meu próprio futuro pós-alíctico. Alice fazia tantas coisas comigo e ainda assim eram apenas cartas. Palavras, não dedos. Palavras sem olhos. E eu vivia e conhecia uma mulher inteira dentro de um envelope azul-turquesa, mas quando aquilo acabava, quando meus olhos engoliam as últimas letras, eu ficava mais umas horas pensando em Alice e depois me lembrava que nunca a havia visto e que meu mundo pós-alíctico era uma bobagem, mas as cartas sem corpo, sem presença, também.

É por medo do mundo pós-alíctico que meu primeiro olho abre e entro em mim para tentar ver o que Alice enxergará-garia. O que alguém veria em mim se não soubesse o que eu significo? Procuro no chão os filhos desses olhos de terceiros que nasceram do momento-Alice e esmago os momentolhinhos. Eles fazem ploc, como plástico-bolha. O que importa o que pensará-saria alguém que nunca mandou uma sequer pergunta sobre mim em suas cartas? Essa mulher só quer público para sua literatura egocêntrica, deve mandar milhões dessas cartas para o mundo todo, em dezessete línguas, com descrições de cento e cinquenta e oito corpos diferentes, infâncias mil, etc. Alice é ficção, mas quem não é?

Setenta e uma cartas depois — setenta e uma! —, Alice mandou uma carta intitulada *Sobre quando & onde exatamente vamos nos encontrar* e marcou um encontro comigo. Eu me apavorei porque sabia que teria que ir ao encontro dela nadando em medo. Eu sou assim. Eu tenho muito medo, mas mesmo assim eu vou.

A carta marca o encontro em um banco de praça. Alice diz que estará, às catorze horas, lá, com um cabelo igual ao da Madonna, calça de moletom cinza, e um sutiã vermelho. O pior é que o encontro não tem uma data e eu sei que ela não esqueceu de colocar o dia. Alice simplesmente quer que eu vá todos os dias até aquele banco de praça, às catorze horas, até que ela resolva que eu mereço encontrá-la.

No dia seguinte, eu espero Alice em um banco de praça sem saber se é o lugar certo, mas já com metade dos cabelos de Madonna decorados. Mais um dia passa e já sou expert nos cabelos de Madonna de 87 a 98. Quando Alice chega, seis dias depois, sou com certeza o homem que aprendeu com mais rapidez e afinco a biografia capilar de Madonna.

Alice chega por trás do banco onde estou ressentado pela nona vez. Ela tem o penteado de Madonna de 1994. Um cabelo negro, curto, liso, bem rente à cabeça, dividido exatamente no meio, com gel, preso atrás das orelhas. De alguma forma, o batom vermelho-escuro que elas — Alice e Madonna — usam parece fazer parte das cores do cabelo.

— Tu pretende vai ficou aqui comigo pra sempre? — ela pergunta e eu penso Puta que pariu, é doente mental. Mas então lembro das cartas e sei do que ela fala. Na carta dezesseis, de nome *A deseternidade de todos os sins*, Alice diz: "Não consigo ficar com ninguém por muito tempo porque ninguém consegue ficar vivo por muito tempo. Ninguém parece imortal o suficiente para me amar pelo tempo que desejo ser amada, ou seja, para sempre". É isso que ela está me perguntando, com seus verbos para tudo que é lado, pergunta se eu sou eterno. Digo que não.

Olho os olhos de Alice e noto que são mais negros ainda que seu cabelo de Madonna ano 94. É como se ela enxergasse demais, exageradamente, o tempo. Dizem que excesso de futuro é ansiedade, excesso de passado é depressão, mas o excesso de passado, presente & futuro se chama Alice. Tenho pena, tenho medo. Saio correndo, mas esqueço que quando queremos fugir fugimos para longe e não para dentro da pessoa.

Oito meses depois, acordo pela septuagésima vez ao lado dela sem conhecer uma palavra a mais do que quando só havia lido as cartas de Alice. Ela estranhamente dorme, hoje de manhã, com um olho aberto. Eu entro neste olho por uma porta de trinco redondo preto e vejo ali o mar frio de um coração teórico. Alice é uma carta. Um bando de sentimentos criados por ela mesma & nunca sentidos por ninguém.

Enxergo a criança de Alice. Está vestida com um traje azul-turquesa abotoado e gravata amarelinha. Eu tremo de frio, mas sigo. Tenho a coragem dos que não sabem como voltar. Derrubo a porta do outro olho de Alice e, de joelhos na porta, começo a remar com as mãos em concha, fazendo força na água. É muito difícil de se mexer dentro de Alice, parece que ela tem um espírito feito de areia movediça. Continuo até chegar a um barco onde Alice está criança. Ela tem, no chão de madeira do barco, peixes mortos, ordenados por tamanho, do menor ao maior. Sobram marcas úmidas de peixes pequenos que estiveram por ali, mas não estão mais.

Alice pega um peixe estufado e continua fazendo o que sonhava antes de ser observada: enfia um peixe estufado dentro da goela & barriga de outro peixe. O menor dentro do maior, que está estufado dos ainda menores. Em algum momento, a criança de Alice caçará golfinhos, peixes-espadas, peixes-bois, tubarões e fará o maior engolir o menor e assim por diante até finalmente chegar a vez da baleia. Lindas, tranquilas & arrogantes baleias. A baleia de Alice será envolgolida pela única coisa maior, mais mortífera do que uma baleia: a solidão.

Eu me assusto um pouco muito porque, sempre que Alice estufa um peixe em outro, o próximo dos peixes da fila dá um pulo como se a espinha dorsal dos peixes soubesse da crueldade da cabeça de Alice.

Sinto medo apesar de Alice ser uma criança. Estou molhado, tremo de frio & de tempo. Não há mais paciência para ficar nem energia para voltar, estou arreperdido. Baixo a cabeça, respiro, fecho os olhos para, quando abrir, dar uma chance ao mundo de ter mudado.

Alice me olha de perfil, de lado, com vergonha, pois escondia seus olhos-de-peixe. Vidrados, ladeados, sem pálpebras.[1]

Ela acorda e vê que eu a via dormindo.

Ela se apavora muito & mais.

Pergunto o que ela vai fazer com aqueles peixes todos.

— Um peixe-denso.

— Até quando?

— Até ter um lugarzinho pra mim entre o peixe-espada e o peixe-boi, é o espaço que eu deixo pra mim dentro da solidão da baleia.

Sorrio sem esperança de que meus dentes me salvem das más impressões. Parece haver muito mais coisas que podem me apavorar no mar de Alice do que cores em minha coragem.

Se eu seria feliz ou não dentro da solidão de uma baleia, eu não posso adivinhar. Alice disse que se eu confessasse ser vazio & murcho & duro & denso o suficiente, ela caçaria uns belos peixes roxos com detalhezinhos amarelos, pescaria alguns peixinhos de olhinhos azul-turquesa,

---

1 Nota educacional: como adquirir um olho-de-peixe? Engula os peixes durante o sono. Durma de boca aberta para que os sonhos mais comuns possam sair por sua boca, dando espaço vazio para que os peixes entrem. Roncos são o sinal. Os sonhos normalmente têm cheiro de chuva, coisa que atrai os peixes. O bafo chuvoso onírico é um clássico facilitador da caça proibida de olhos-de-peixe. No dia seguinte, com os olhos vazios e os sonhos já saídos, para trocar de olhos, é só enfiar os dedos nos olhos antigos até fazer ploc. Os olhos-de-peixe emergirão de imediato se houverem sido engolidos de forma correta durante o sono. Recomenda-se fortemente olhos azul-turquesa, pois ajudam na aceitação cultural e adaptação social do olho-de-peixe. Observação: nunca realizar esse procedimento sem a presença de uma pessoa dizendo-lhe desesperadamente para não fazê-lo.

e me alimentaria durante meus sonhos para depois esperar eu pedir encarecidamente para ser engolido por ela, vivo & criança.

I'm sexier than
a bitchwitch in
thigh-high boots

Meus pés ficam com as funções graves e cruas da necessidade. As mãos, deixo-as livres para a manutenção de meus desejos. Retiro as sensações finas dos joelhos, dos cotovelos, e invisto tudo que tenho nos receptores das pontas de meus dedos. Meu pescoço poderá sentir passivamente, meu sovaco poderá sentir passivamente, mas, do corpo, só minhas mãos poderão buscar sentimentos, caçá-los no ar, no quente, em outras mãos.

Meu corpo serve para que nele chova, queime, doa; meu corpo só avisa que sente quando sente algo ruim — se sinto algo bom, é uma mão. Meu corpo sofre, mas elas não. Minhas mãos recebem as mais desnecessárias sensações; sensações que estão ligadas não à sobrevivência, mas ao desejo. Desejo de sentir.

Minhas mãos dão pequenos abraços: primeiro no copo, depois no garfo, na faca, depois na mão que não é minha mão. Se você prestar atenção, os dedos que saem da palma da mão são como costelas de bebê. Um cara evangélico me disse que nossas costelas são assim porque foi onde Deus nos segurou para ver se estava bom. Minha mãe preta disse que as costelas são as duas grandes mãos dentro de mim, que seguram meu espírito para ele não fugir do corpo. Fiquei meio enjoada de ter percebido, em meio ao que acontecia, que as mãos são como costelas de bebê e que eu tenho mãos dentro de mim, além dessa mão dele, que também está dentro de mim.

Tento esquecer meus pensamentos e ouvi-lo. Há de se dar alguma energia aos ouvidos, mas não deixo que as palavras fiquem correndo nos labirintos da orelha por muito tempo, inclino a cabeça para que elas entrem logo no meu canal auditivo, sejam marteladas, que logo caia a bigorna que há de cair em cima das palavras dele, que se ponha o estribo nos pedaços de palavras que passem, que as que não passem se dirijam ao lixo do esquecimento nunca nem reconhecido como lembrado e que eu então possa montar as sobras de palavras no teatro do meu ouvido. No caso, não são palavras. É só ele que respira.

Passo as mãos por suas costas e ombros, homens têm esses músculos curtos que fazem pequenas curvas um em cima do outro: do ombro para o trapézio, trapézio para o pescoço, pescoço para as escápulas e daqui a pouco abre-se um músculo grande e contínuo como o arco das costas, onde deslizo as cinco mãos de meus dedos até chegar à sua bunda branquinha, porque não é do sol, é minha.

Giro-o, agarro suas coxas e começo a descer beijando beijos que avisam. O pau dele pulsa: foi avisado. Me afasto, fico de joelhos e prendo meu cabelo. Ele ajeita as costas, sabe onde estou indo. Meu cabelo avisa. Pego o pau dele devagar, tento não lembrar que quem pega o pau dele são costelas de bebê. Esquece. Esquece. Esqueço. Deixo as coisas choverem. Desço o tronco abrindo a boca, empino a bunda para ele ver, chupo só a cabecinha e olho para ver o que causei. Ele não me olha, acho que acha que gozaria rápido demais se olhasse. Eu me importaria, mas não me importaria de me importar. Chupo inteiro, cada vez mais rápido. É bom. É quente. É grosso. Nada muito grande. Cabe todo na minha boca tranquilamente. Encosto meu nariz na base do pau dele, escondendo o pau inteiro dentro da minha boca. Fico ali um tempo e depois volto a chupar rápido. Bato um pouco para ele e lambo as bolas e o períneo. Se ele gostar eu continuo em direção ao cu. Vou. Cu. Limpinho, graças a Deus (ou à chuca). Volto com a boca para o pau, mas deixo um dedinho por lá para o cuzinho não se sentir sozinho. Coloco o pau inteiro na boca de novo e brinco com o dedo um pouquinho. Ele enrijece as costas, nervoso. Continuo chupando e ele relaxa. Olho para ele, ele olha para mim, é agora. Enfio o dedo um pouquinho. Ele fecha a bunda. Paro de chupar e olho para ele. Não, ameaçar não vai dar certo. Continuo chupando e massageio um pouco a bunda dele para ela relaxar. Ele relaxa e deslizo o dedo de novo. Ele pega meus cabelos e faz eu chupar mais rápido, bota a outra mão no meu cabelo também. Vai gozar daqui a pouco. O pau lateja, daqui a pouco vem. O dedo é agora ou nunca. Enfia. Não, não enfia. Põe. Ponho e vou indo. Meu dedo chega a uma zona que já deve ter outro nome, porque dentro e fora as coisas têm nomes diferentes. Acho o pontinho diferente, a próstata, deve ser, agora é só estimular um pouquinho com a unha e esse cara vai gozar a vida inteira dele na minha boca. Vai vir, está vindo. Agora não é mais o dedo que eu espero, o dedo está lá e é o maior que eu tenho. Agora eu quero porra. Quero o único líquido que diz alguma coisa, o único líquido que diz sim. Vem porra, vem. Começo a gemer de excitação pela espera. Olho para ele, ainda bem que lembrei de olhar para ele. Ele faz minha boca ir mais rápido ainda, eu enfio o dedo o máximo que consigo dentro dele, as costas enrijecem e logo relaxam e um monte de porra se mistura à minha saliva e preenche minha boca tanto que sai pelos lados onde meu lábio superior encontra o inferior, tiro o dedo aos poucos e continuo chupando um pouco mais porque o pau fica hipersensível depois que goza e aí ele se contorce mais um pouco e grita uns gritos contidos. Tiro a boca cuidando para guardar o máximo de porra e tenho uma ideia bruxesca. É importante dizer que eu não tinha tido essa ideia antes. Levanto um pouco, desempino a bunda, vou subindo, ele me odeia agora, todas as partes dele que pensavam em mim estão na minha boca agora, subo até ele e, já rindo do que vai acontecer, não aguento mais não rir e cuspo rindo a porra toda na cara dele, pego umas roupas pelo chão e saio correndo, pelada, encontro a porta, outra porta, e o elevador.

Visto-me olhando no espelho, meus peitos balançando porque me abaixo para pôr as calcinhas, imaginando ele gritando, me xingando e lavando a cara cheia de porra na pia daquele banheiro sujo e velho ou talvez no chuveiro cheio de cabelo loiro farmacêutico, enosado pelo ralo, ponho o short, os saltos, e a blusa longa e solta que reflete no espelho enquanto me vejo já erguida em botas altas e leio a camiseta larga preta e solta que, em rosa-choque, no meio do meu corpo, avisa: "I'm sexier than a bitchwitch in thigh high boots".[1]

1 "Eu sou mais sexy que uma bruxa puta com botas na altura das coxas".

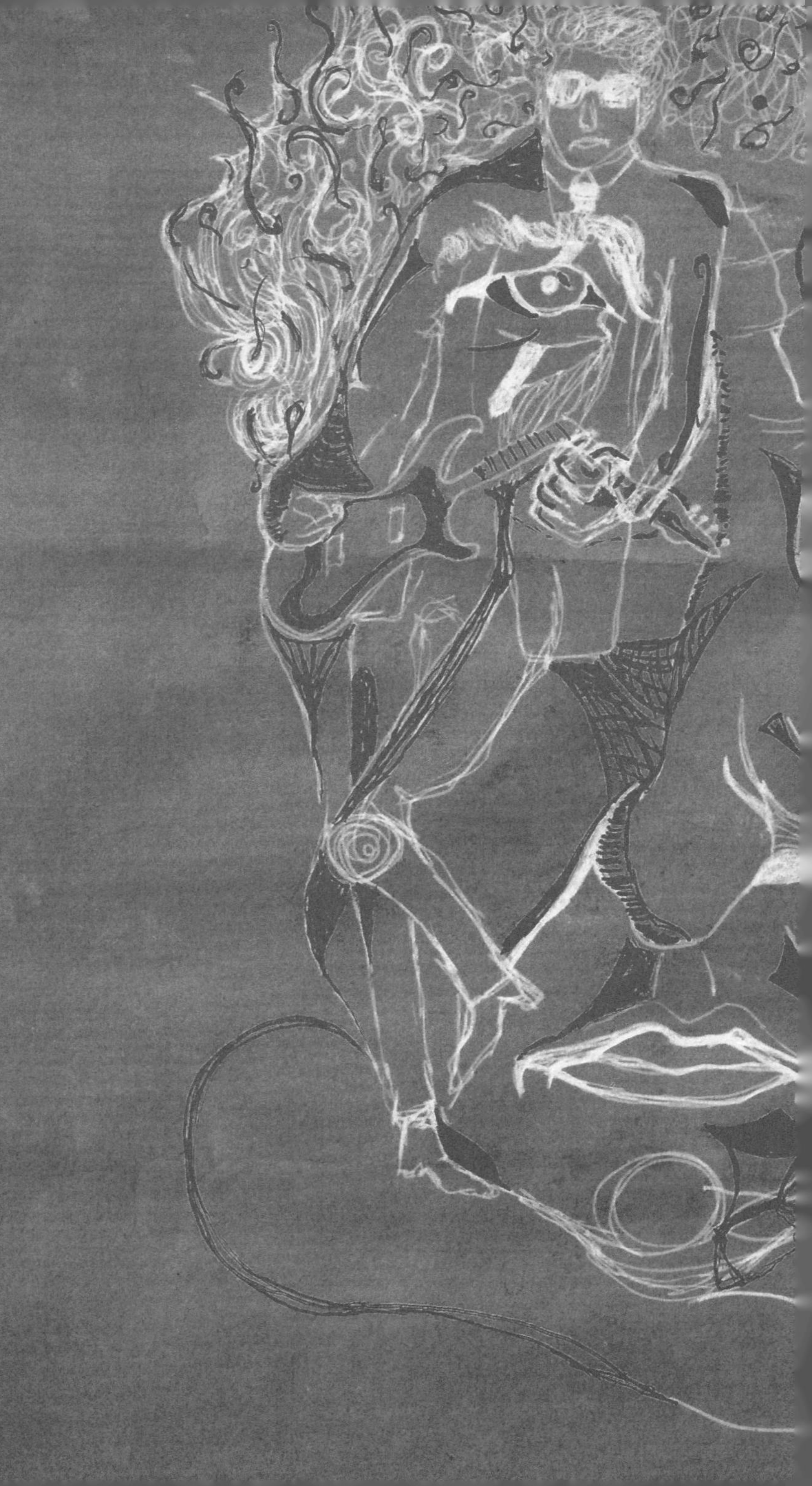

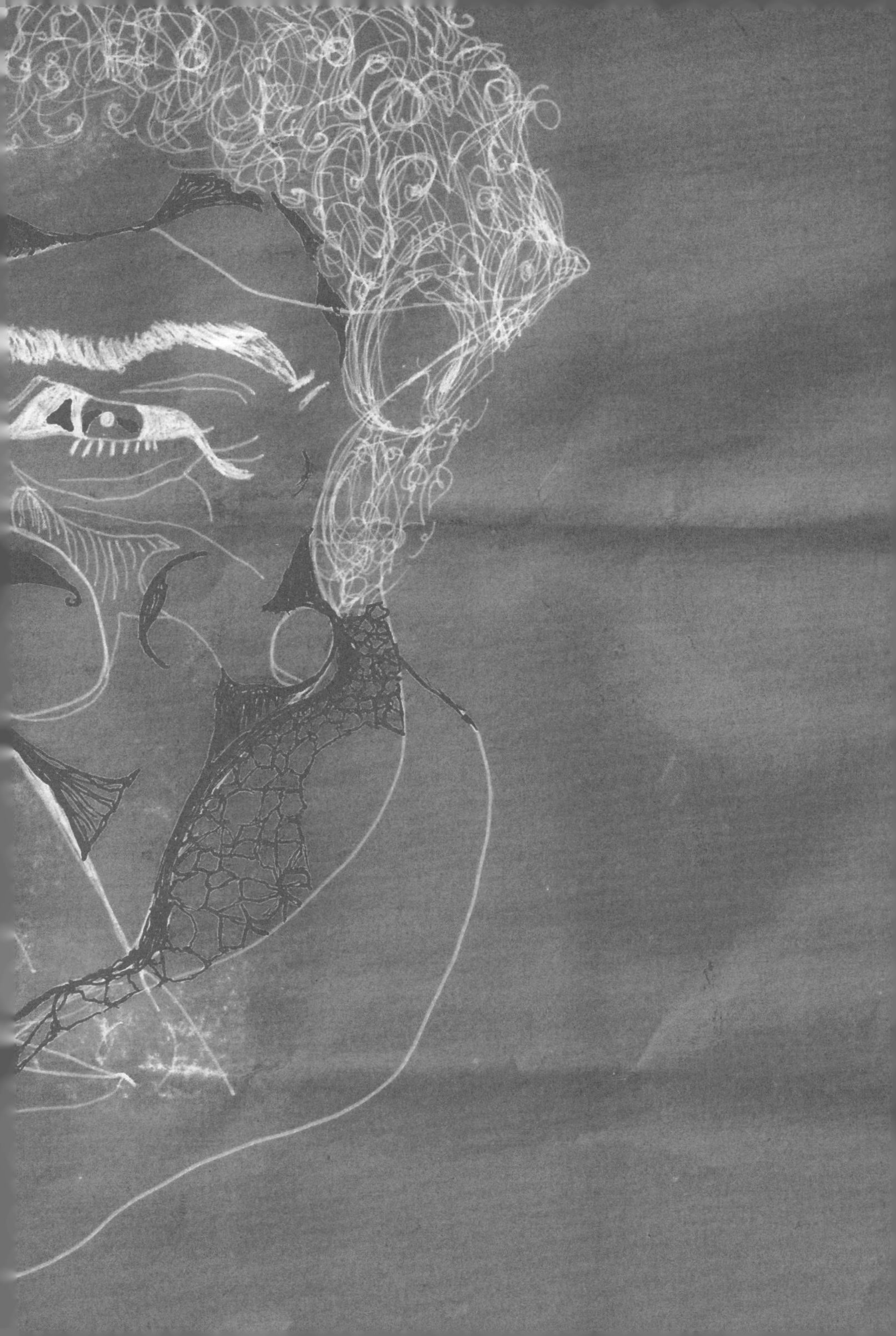

Van Gogh Dylan

Van Gogh caminha em direção ao portão. Tem nos olhos um cansaço aceito. Sua pele nua e rosada chora suor transparente e por isso ele não a veste com uma camisa ou calças. Se pudesse, Van Gogh não usaria a barba laranja que lhe causa tanto calor na face rubribranca. Mantém as mãos fechadas, acima da cabeça, enquanto caminha. Dentro delas, ele sente os cubos de gelo diminuírem. Os pingos degelados caem na cabeça do pintor e escolhem os caminhos que desejam traçar no labirinto capilar de cachinhos amarelanjados de Van Gogh. Ele faz chover no próprio espírito, tem mãos de nuvem.

Começa a puxar a corda da engrenagem. São quatrocentos e vinte e sete roldanas para que um homem possa puxá-la sozinho.

Vinte e cinco minutos depois, Van Gogh, muito suado, abriu metade do portão. É noite pura lá fora. As estrelas estão na altura de seus olhos, algumas abaixo, na altura dos pés. São gigantescas, como se Luas.

Lá embaixo, no chão, apagado, o mar ronca. O frio

e o vento noturnos, que sobem do mar, entram nos pulmões nus de Van Gogh e causam ereções nos pelos ruivos de seu corpo.

Em duas horas, Van Gogh chega ao fim do abrir do portão. Exausto, puxa duas alavancas. Um barulho líquido soa no teto de pedra, e outro barulho de algo que rola e que vem.

Van Gogh pega uma vela apagada do chão, bufa, risca um fósforo. Começa a caminhar com a vela na exata altura dos olhos. O vento que sobe do mar movimenta os cabelos do fogo. O fogo da vela não está ali para iluminar o escuro. O escuro é que está ali para não atrapalhar a observação dos movimentos vermarelos do fogo, que nascem e morrem ao mesmo tempo.

Van Gogh caminha olhando para a vela durante duas horas e alguns respiros. Deixa a vela no centro do portão. Volta. Mais duas horas e algumas mãos nos joelhos.

O barulho líquido que rola pelo teto continua circulando em sua cabeça como água que corre novamente nos canos enferrujados de uma casa velha.

De cabides presos na parede, Van Gogh retira e começa a vestir ceroulas brancas, uma calça de um azul camponês e uma camisa que luta contra outras cores para continuar vermelha. Veste mais uma calça, laranja cor da fruta, por cima da azul de camponês. Por fim, veste dois suéteres de cashmere inglês, embaixo de um casaco de pele de camelo.

Van Gogh põe três meias nos pés e um par de botas espanholas de couro espanhol. Uma bota já derrete por cima de si mesma, a outra mantém ainda certa elegância na postura para compensar a falta de cadarços. Dentro das botas, as pernas de Van Gogh tremem, suadas, pois o barulho no teto aumenta e aumenta. Está ficando tão alto que daqui a pouco se poderá enxergar o barulho.

No escuro, Vincent Van Gogh só enxerga um pingo de tinta ao longe: a luz espalhada e laranja da vela que deixou no meio do portão.

O barulho aparece. É uma esfera negra, densa e quente. Ela impõe um respeito materno com sua densidade enorme e peso. A esfera passa pelo lado de Van Gogh, que, como todas as vezes, sente medo. A densidade dantesca da esfera altera a gravidade e, quando passa, o chão fecha os olhos. Van Gogh fica por um momento na ponta dos pés e desencosta do chão.

A esfera passa por cima da vela acesa e Vluf!, encandeia!

Passa pelo portão e começa a cair céu abaixo.

Van Gogh, mesmo com vertigem, deita, se arrasta e põe a cabeça para fora do portão. Quer ver o Mar acordando. O Sol desce e vai retirando a noite das coisas. Presenteia uma cor para cada uma, como um Pai pintor que, de viagem, traz tintas para as filhas pintoras. Os verdazuis do Mar vão se abrindo como num bocejo da Natureza. Van Gogh percebe que os verdazuis e os azulverdes pulam uns por cima dos outros, assim como os veramarelhos nascem e morrem ao mesmo tempo nos cabelos despenteados do fogo.

Bob Dylan acorda de seu sonho. Sente nos olhos a irradiação terrível. Dentro das calças apertadas de couro preto, o vapor esgoela o pescoço de suas pernas.

Abre os olhos e tira as pernas das calças, gritando xingamentos randômicos para a janela que ficou aberta e deixou a noite ir embora.

A noite has walked out on me again. Ela sempre promete que vai ficar, que se ele se concentrar bastante ela não vai passar, mas ele sempre acorda e ela deixou apenas um post-it rosa-choque colado na cabeça dele, que diz: "Bowbow, tive de ir. Desenhei uma ressaca no vapor do seu espelho que é para você não se esquecer de mim".

Dylan chega na cozinha mancando e sem calças. Seus calcanhares estão encurtados. Lembra que tem trinta e nove anos. Veste apenas uma camisa de jeans vermelho e cuecas amarelas com desenhos dos Beatles, Yellow Submarine. Pega uma xícara de café frio não tomado ontem porque era de anteontem. Lembra que tem trinta e nove anos. Joga o café na frigideira engordurada, pega um cigarro do bolso da camisa, gira o gás do fogão, aperta o botão que faz dzzz e, com a boca, leva o cigarro até o fogo para acendê-lo, mas lembra de algo que não lembra o que é, enquanto o fogo queima a ponta do cigarro e sua sobrancelha. Quase lembra do que sonhava. Something with Van Gogh.

Liga a torneira, pega água, passa na sobrancelha queimada, abre um saquinho e despeja cocaína na mesa da cozinha, lembra que não tem vinte e cinco anos. O café ferve na frigideira. Desliga o fogo, despeja o café frito na xícara e desliza a cocaína da mesa para dentro da xícara. Toma o café. Imagina que Ricky Moriarty aprovaria.

Isto causa o primeiro sorriso de Dylan no dia. São só três dentinhos amarelos que aparecem, numa quina de boca.

Um inseto chega para acompanhar o café da manhã e Dylan pensa que o inseto é Moriarty e que ele mereceu a companhia do amigo morto, do amigo que se transformou em sei lá o quê, no que quis, in what can fly from now-here to no-where, mas que lhe deu a honra de estar ali, com ele, naquele espasmo de momento, porque Dylan está fazendo um café à la Ricky.

Bob Dylan pega um jornal e lê uma notícia sobre si mesmo. A notícia fala sobre seu estado de espírito, sobre o que ele deveria fazer com sua carreira e analisa sua psicologia interna. Dylan bate com o jornal no inseto, que cai na xícara. O inseto agoniza no sol negro que lhe é o café e morre.

— Moriarty, Moriarty, you couldn't beat me even if I didn't fly.

Dylan bebe o café fodido sem engolir a mosca. Aquilo já é nojento o suficiente. Não fica triste pelo inseto. Pensa que Moriarty agora tem chance de negociar com deus ou o diabo um contrato melhor. Um bicho com voz, talvez. Que possa gritar, latir, urrar. Não um inseto, pelo amor de deus.

A mosca queimada fica presa no bigode de Dylan. Ele, de olhos vesgos, consegue enxergar a mosca e dá sua primeira gargalhada do dia, thanks to Moriarty.

Dylan não lembra que tem trinta e nove anos, pega um lápis, uma folha, senta no piano da casa-estúdio chamada de Big Pink. A casa é um tipo de refúgio, um porão onde foram gravadas as The basement tapes with the band. Desta vez, nesta fuga, também pensou em ligar para Richard Manuel, pianista, e convidá-lo, mas ficou com receio de que o amigo dissesse não, e então Bob não estaria apenas velho, sozinho e fugindo fodido, mas sim velho, sozinho, fodido fugindo &: rejeitado.

Acende outro cigarro, apoia a folha em cima do piano e escreve o título provisório de uma música: *Oolong tea*. Fuma o cigarro sem usar as mãos e toca alguns acordes no piano. Faz um na-na-na anasalado, ensaiando uma melodia ainda sem palavras para pôr dentro das gavetas da música.

Com a mão esquerda no piano, toca os acordes; com a boca-cigarro, faz um na-na-yeah-na anasalado e preso; com os olhos e a mão direita, escreve um rap que acredita poder fazer caber nas gavetas da música. O que escreve no papel é:

Oolong tea

I saw a religious insect
rambling around trying to get
on with the ultraviolet
lamp that hangs down
The ceiling fan blows
The devil-style mosquito loves
the wind that comes from above
I ask why do you like this windy light so much
He says that it comes from God so it feels good
I say it feels good so you think (thank) God
It's insane whathever you say,
just let it fly
just let me fly, man
just let it fly

Bob Dylan troca o na-na-yeah-no pelas palavras que escreveu, os cigarros acabam e por um momento ele não sente a falta. Sorri um sorriso completo e cheio de energia nos dentes desafinados quando faz a ponte e solta a música para o refrão em gritos presos de just let it fly/ just let it fly/ just let me fly, man!

I should've called Richard Manuel. Lembra que tem quarenta e dois anos. Sai do piano e vai comprar cigarros no Dablyou Walter, minimercado da rua principal da vizinhança, rua principal que ainda assim é de terra. Pega umas moedas de dentro do cinzeiro, veste as calças, as botas, jaqueta e abre, passa & fecha a porta que divide o dentro e o fora. Na rua, apalpa os bolsos do casaco instintivamente, procurando um cigarro para fumar enquanto busca mais cigarros para fumar. Acha apenas uma gaita de boca, diatônica, amarelo-ocre, toca e ela solta o exato tom de Oolong tea, ré. Bob Dylan faz um bend na gaita para si mesmo enquanto caminha até o mercado. Pff, man, I can't believe people dig that shit that I blow them. Para de caminhar quando, em um bend grave da harmônica, pisa em um pássaro, um meadow lark amarelo e morto. Lembra que tem quarenta e quatro anos.

Chega no Dablyou Walter e lá está o próprio Walter. It feels good to enter a place that is named after a living n' working oldman.

— Walter.

— Oh, Robert, my son. Cigarettes?

— Oh, yeah.

— Mine's or Marlboro's?

— Yours, truly.

— Just one or two moments, please.

Walter, velho, senta num banco alto e começa a enrolar tabaco e pôr em um saco pardo.

— How many, Robert?

— Until your hands hurt.

— I can do it with both hands, so they never hurt.

— That's my man. Thirty or forty, then.

— All right. I'm gonna get rolling.

— Can you roll cigarrettes with both hands at the same time?

— Yes.

— Let me see that, Waltz.

Waltz joga fumo em dois papéis, enrola e lambe e fecha dois cigarros ao mesmo tempo.

Ele levanta os dois para cima e diz:

— See?! Stiff as a pinetree.

— Oww, yeah, oldman.

Robert pega os dois cigarros, põe um no bolso e acende o outro enquanto se dirige à mesa de sinuca de pano verde pálido. Lembra que tem quarenta e seis anos.

— You know, Walter...

— Ahn?

— I was saying, do you know that they're trying to prohibit cigarettes in every closed place in New York?

— Yeah, I heard it. Didn't understand it, though.

— Which part?

— The closed places part. How can you enter and smoke there if it is closed?

Robert solta uma gargalhada e olha para fora, não existe porta no minimercado, não existe vitrine, não existe sensor de segurança em Dablyou Walter, apenas uma cortina de ferro enferrujado azul, que desce, mas não tranca. Waltz mora em cima da própria loja, numa cama atrás do letreiro de seu nome.

— Do you think I'm getting old, Waltz?

— Ahn?

— Do you think we're getting old?

— Yeah, sure, who isn't? But you are getting older than me, boy.

— Why is that?

— Because you're younger.

— Hmm, ok. Not much sense there but…

— What?!

— Nothing.

— It's almost ready. I've made fifty Waltz trademarked double-handed cigarettes.

— Thanks, Waltz.

— And, if you let me, I'm gonna roll you one special cigarette that I can't roll one-handed. It needs the special caretaking of both my hands'n'eyes.

— What's that?

— It's a Waltz Allegro cigarette. May I offer you that?

— Yeah, sure, what's in it?

— Well, there was a time when they created whisky in a barn, and other time they smoked plants and got on tripping. This is something that I plant here in the backyard and put in the mixture for my middle of the night cigarette.

— Is it good?

— You'll see. It's the drug not even the junkies know about.

— What's the buzz?

— What?!

— What's the effect?

— You'll see. You'll see. I talk with my dead mother through that cigarette, I go to NY Mets games through that, I play third base there through that, I fuck my eighteen year-old milky fat cousin without going to jail through that, I'm young again through that middle of the night Waltz Allegro cigarette.

— All right. If you say so.

— I'm gonna give you three of those, free of charge, trust me kid, it's pure poison in the dark.

— All right, oldman, I'll try it, how much do I owe you?

— Eight bucks.

Robert vai voltando para casa, caem graus de azul-escuro no céu a cada dois minutos passados. Aproveitados ou não: passados. Why do we come if we're gonna go? That makes no sense at all. Robert apalpa os bolsos numa reação automática aos graus de azul-escuro que caem dentro dele. Tem quarenta e oito anos. Sente no bolso esquerdo um saco de papel pardo com cinquenta Waltz cigs e, no outro, uma caixinha de metal com três Waltz Allegros. Robert pega a caixinha, abre, fecha, acende e aproveita a primeira vez do que quer que aquilo seja. São poucas as primeiras vezes aos cinquenta anos. Ele traga, enche o pulmão e sente. Tem o cheiro de grama cortada e depois queimada; ao fim, o sabor namora o amadeirado e cai para o seco. Robert não consegue sentir o sabor de nenhuma comida há anos, mas pode distinguir entre cigarros como se fossem vinho na garganta gargarejante de um sommelier de lábios aveludados.

A pressão arterial baixa, caem mais seis graus de azul-escuro e entra já nos graus de negro-azul. Cinquenta e quatro anos.

Insetos e grilos começam a fazer barulhos iluminados na noite negra da cidade de interior apagado. Robert fecha os olhos e não lembra que cor são. Nota que está sozinho e que já não deveria estar. I ain't got no guts left for being alone.

Abre a porta de casa e a enxerga with Waltz Allegro's eyes. Não reconhece nada. A mesa com jornais, louça, papéis, contratos, cheques, processos, cinzas, cinzeiros (por que as cinzas não estão dentro dos cinzeiros?), panelas, piano, pacotes, uma letra, cigarros, cinzas, mais cinzeiros vazios e cinzas entre as teclas do piano.

Robert sente que a casa parece ter passado por um incêndio lento enquanto alguém fazia uma música que não conseguiu parar de fazer para fugir. Robert senta ao piano esperando que alguma coisa aconteça. Acende outro Waltz Allegro sem pensar. Grama queimada, madeira, seco. Tem cinquenta e cinco anos. Pega o lápis para continuar a letra. Não lembra mais da música ou da melodia. Seus movimentos e seus olhos estão ruins, fracos, lentos. Nota que esqueceu de acender a luz, deve ser esse o problema, mas tem preguiça de acender. Risca um fósforo e vai tentar escrever a letra à luz de fósforo. Puxa o papel, mas o papel pesa. Deve ser o cinzeiro que está em cima do papel. Leva o fósforo para ver o que é e é um meadow lark amarelo pisoteado e morto. Da cabeça parece ter saído o pouco de cérebro que ele tinha. O peito está estufado e o fósforo apaga. No escuro, Robert dá atenção aos outros sentidos e nota que segura algo na mão. Acha que é o cinzeiro, acende o fósforo e vê o meadow lark morto. O pequeno cérebro do pássaro encosta na palma de mão de Robert que, enojado, joga o pássaro pela janela, mas a janela está fechada e o corpo do meadow lark bate no vidro e cai no chão como uma pedra amarela.

Robert grita e sente o cheiro de cigarro insuportável dentro da casa, impregnado em tudo, no coração dos tecidos, nas teclas do piano, na folha, nos fósforos, nos bolsos do próprio casaco, nas suas narinas, na boca. Joga água na boca e na cara, tira as roupas rápido e vai pendurá-las lá fora para que respirem. Quando chega no varal, nota que está nu e o jardim está vestido com a cor de meadow larks, todos mortos no chão.

Robert entra na casa, lava as mãos forte e repetidamente. Tenta acender a luz e não há. Não lembra se a casa tem eletricidade, não sente que já esteve ali antes ou em qualquer outro lugar. Pega uma xícara com água e acende uma vela. Sobe as escadas. Deita, nu ainda. A cortina da janela se mexe com o vento e faz carinho em sua canela. Ao mesmo tempo, Robert se sente menos sozinho pelo vento acortinado estar lhe fazendo carinho, mas mais sozinho por considerar carinho o que uma cortina com vento pode lhe proporcionar. Tem sessenta anos de idade.

Vai apagar a vela para dormir, lembra da xícara, vai bebê-la e vê a mosca morta no fundo da água cristalina. A sombra dela mexe conforme a vela se mexe com o vento. Bebe bem pouquinho da água. A mosca some. Ele tem tanta certeza de que não a engoliu quanto tem certeza de que sente a mosca dentro de si.

Pega o telefone, disca.

— Hello.

— Hi, Mark, it's Robert, I wanted to...

— Who?

— Robert.

— Bob?

— Yeah, sure.

— What's up, man?

— Man, can you…ah… send someone here?

— Yeah, where are you, Bob?

— Stop calling me Bob, man. I'm at Big Pink.

— Yeah, yeah, sure thing. How do you want it?

— What do you mean?

— The girl, how do you want her? Blonde, two blondes, black, black'n'blonde?

— Oh, come on, man, anything, any... any real person, man.

— Ok, Bob. Coming up.

— Ok, thanks. I mean any real girl person.

— Yeah, yeah, yeah, it's gonna take a while because I'm gonna have to send a car there and everything.

— Thanks, man. Can you send me some coke too?

— The powder or the liquid?

— Ahn... both. I don't remember which one I wanted when I asked you, so both. And, and, ahn, shit, forgot it.

— Ok, just hang on there, they are coming.

— They, no they, man, send just one, blonde and sad. I don't have age for no college party, man, send me… a real blonde sad girl person.

— Yeah, sure, Bob. I meant she and the driver.

— Ah, ok, sorry. And, ahn, I remembered: do you have someone who can play the banjo, I mean some sad girl person who can play the banjo?

— Don't think so, Bob.

— Ok, later then, Mark, thanks again, you're saving my life, man.

— It's nothing, Bob.

— Don't call me Bob, man!

— All right, sorry…

— Sorry too, I didn't mean to be mean, sorry, Mark.

— No worries, bye bye.

— Don't call me Bob, man, are you fucking kidding me?

— I said bye, not Bob, Bob.

— All right then, sorry again, Mark, bye.

— (…)

— Hey, man, do you know how old am I now?

— They are always over eighteen garanteed.

— No, man, me, how old am I?

— I don't know, fifty something I guess, Bob.

— Ok, ok, sorry, bye.

Sessenta e dois anos. Sabe disso, a mosca que está dentro dele mandou avisar. Apaga a vela, bebe o resto da água da xícara. Faz um nó na cortina para que ela não lhe faça mais carinho, principalmente quando estiver dormindo (tem medo de acabar sonhando com algum bicho que lambe suas pernas). Vai para fora da casa, coloca as calças e as botas, pega no casaco a caixinha de metal com o último Waltz Allegro, that damn old fool, giving me that... Põe no bolso da calça, pega o saco pardo de cigarros normais, acende um. Joga no chão e pisa, acende outro.

Entra, lembra onde está, quem é, acende a luz, quantos anos tem, senta no piano. Mão esquerda: acordes. Boca: cigarro. Mão direita e olhos: lápis e folha. Continua a letra da música a partir do refrão:

Me, non-religious insect,
I ride bandy-legged
my bandy-wheeled bike
I know I am well poised in the dark
But my eyes
are opened up by what?

Insect Van Gogh has been assigned
to paint a private sunset for a Spa

When I die I wish I don't comeback
carrying all my rocks in a bag
and please God give me your job
writting horoscopical messages in bathroom doors
I wanna send signs
I wanna send signs
Like a hand in the water saying come on
It's cold but it's alive (a lie?)
I wanna send signs
I wanna send signs

When I die I wanna be a waving hand
saying come on
it's cold but it's a lie (alive?)
I wanna be a color without a name
I wanna be an eye with an inside sight
I wanna be the letter B and be in a Japanese haikai
I wanna be a surfed wave in a sincere sea

Robert fica satisfeito com o que consegue fazer, está ótimo para um velho de cinquenta e dois anos. Sente--se forte, sente-se o deusinho de sua própria existência. Resolve que pode fumar quantos Waltz Allegros quiser, é mais forte do que o palheiro do quintal de um velho. Fumando, continua a música:

When I die I wanna be dead
I wanna be nothing
I wanna be boring
I don't wanna be no sign
No insect eye
No letter B, no color
No hand
No sincere sea
No bath sign
No sign of me
I try so hard to be Bob,
what's the point in not
God is drowning,
dragging everybody down
I must grow up now

cause if I don't get tall
nobody will see me and say
he's obviously everything he was(is) born(going) to be
I wanna be Bob Dylan
I wanna be Van Gogh
and paint my own dinner

Uma poltrona faz um barulho de bunda se ajeitando. Van Gogh aparece sentado na poltrona, em frente ao piano, fazendo carinho no meadow lark vivo, pousado na concha que as palmas de suas mãos formam quando juntas. O corpo e a face de Van Gogh e do meadow lark são bidimensionais, cheios de traços esquizofrênicos, não são reais, seus cabelos e pele são de tinta. Robert sente que a própria face, sua máscara de Bob Dylan, está muito mal pintada. Sente-se uma drag queen. Drag queen Van Gogh Dylan. Bob tira os olhos drogados do meadow lark de tinta e Van Gogh diz alguma coisa:

— Your prostitute is at the door.

— What?

— The sad blonde banjo playing prostitute girl person is ringing at your door.

— Ok.

— Aren't you gonna open it?

— Yes.

Bob Dylan se levanta, vai até a porta e abre. Uma menina loira, vinte e três anos, de nariz vermelho, cabeça baixa, com uma tristeza falsa nos ombros e com um banjo na mão, pergunta:

— Did you call me?

— Oh, yeah, yeah, sure, come on, girl, you're saving my life here.

— Oh, thanks, are you really Bob Dylan?

— Yeah, more or less, sure.

— I thought you were dead!

— Hell, why is that, girl? What's your name again?

— Lavinia.

— Why am I dead, Vinia?

— Well, my dad listened to your records, I saw your face beside the vitrola. My dad is old, and old people listen to even older people, so...

— Well, not yet, I'm not. But you know, everyone who's not dead is dying.

— Shut up, dude! Let's see about living!

Ela dá um tapa na bunda murcha dele e pede algo para beber.

— You're right. Did you bring the coke, then? — ele pergunta.

— Yeah, baby — ela tira o saquinho de cocaína de dentro dos peitos.

— No, I mean the beverage.

— Ahn, no.

— Ok, this will do then, let's go upstairs?

— What about my drink, Bobby?

— Don't call me that, call me Robert, it's my name, what do you wanna drink?

— What do you have?

— No coke, thanks to you.

— Don't be like that, Bobby — diz ela, chegando mais perto e botando a mão dele nos próprios peitos.

Robert fica com nojo, não especificamente dela ou dos peitos, mas com nojo por ela, por ter a mão enrugada de um velho nos peitos jovens e lisinhos dela. Logo nota que são de silicone e não mais se importa. Robert pede um minuto, diz que vai buscar bebida para ela, vai até um armário, tira uma vodca e um uísque, mistura os dois em um copo, põe gelo, bebe um gole, minivômito, volta, e ela está lendo a letra da música no piano e perguntando:

— Do you really wanna die, Bobby?

— Oh, I wish you didn't read that: it's not finished.

— It's cool, be a color without a name, I would like to be that too.

— You are. You're a combination of colors never seen before. Here's your drink.

— What is it?

— Ahn, it's a Waltz Allegro ma non Troppo.

— Uhm, that seems fancy — diz ela bebendo um gole comprido.

— Let's go upstairs?

— Yes, my little rabbit, but wouldn't you like to do it right here? Put some music on, I'll blow you while you play the piano for me.

— That seems nice.

— Sit here and sing for me, then.

— Ok.

— And drop down these leather pants of yours.

— Yeah. I don't even remember ever putting them on.

— Drop the kids' yellow underwear too.

— It's The Beatles. Yellow Submarine.

— Sure, another one of my dad's victrola songs. Just

drop it anyway. The shirt too. I want you completly naked, like a baby going to bath.

— Yeah, ok, but, what about you?

— Sit there now, Bob. You play, I blow you, you stop playing, I stop blowing you, all right? That's the game now.

— Yes, m'am.

Ele, completamente nu, senta a bunda murcha no banco de couro gelado do piano e começa a tocar, ela começa a dançar tirando a blusa, tira o sutiã, o short, fica de calcinha, toma outro gole comprido do Waltz Allegro ma non Troppo, agacha e engatinha por baixo do piano. Com as mãos no piano, Robert sente as mãos dela caminharem por seus joelhos. Uma cabeça loira de raiz negra aparece entre suas pernas. Who the fuck is this girl?, Robert pensa. Ela sorri e diz Hello. Vai pegar o pau de Bob Dylan, mas o pau está mole e minúsculo. Ela tem de pegar o pau dele com dois dedos, ou haveria mais dedos do que pau em sua mão. Ele, nervoso, toca mal o piano. Ela olha para ele e diz:

— Can't you play me something with more than two colors, Bobby? Something that seems like techno or trance.

Ele tenta se concentrar na música, fazer aquilo, relaxar, deixá-la trabalhar. Ela baixa a pele do pau dele e põe a boca naquela coisa minúscula. Ele fica constrangido por ela, tem vontade de dizer alguma coisa como "It grows", mas fuck it. Focus on the music. Ele começa a suar, tira uma das mãos do piano para passar na testa, levanta a cabeça e Van Gogh está de novo sentado na poltrona, pelado, com a pele de tinta rosa suada. Na mão de Van Gogh, o meadow lark amarelo respira com dificuldade.

Van Gogh tira uma bandagem que protege sua orelha. Ele não tem ouvido, apenas um grande buraco negro no lugar da orelha. Van Gogh enfia o meadow lark dentro do ouvido cortado. O bicho fica entalado ali. Van Gogh olha sério para Bob Dylan e diz:

— You are seventy years old.

— Holly shit.

— What? — diz a prostituta.

— Nothing — diz Van Gogh.

A prostituta olha para trás e dá de cabeça no piano. Robert para de tocar.

— Who is there? — ela pergunta.

— No one — diz Bob Dylan. — Just keep on keeping on. It will grow, eventually. If not, I'll take a blue pill, we'll wait and fuck.

A prostituta volta para o pauzinho. Van Gogh continua:

— You cannot finish this song.

— What song?

— Pay attention, oldman! You are seventy two years old! You cannot finish this ridiculous song about me "painting private sunsets for a Spa". You cannot finish it, got it!?

— Why, you don't like it or what?

— It's not a music I would paint to.

— I can't do symphonys, man.

— I'll be clear, then. When you do finish this music, you will die. This is your last song. You have nothing after that. Believe me. That's your last breath.

— What? What are you talking about?

— Stop it. Make covers, covers won't kill you. Art does. Covers don't quickly give and take away years on and off of you. Art does. You are becoming Art, Robert, instead of making it.

— But I feel…

— I'm Art now. I was a jerk to people, but nobody remembers that, nobody remembers I was miserable, nobody remembers I was lonely, unhappy, a whole town hated me, but everything people know now is that I am some schizophrenic brushes in a bunch of canvases.

— But…

— I know you feel younger when you make it, but it's just a passing feeling, Robert. Once it ends, you ate Time, devoured it, and you feel even older than before. Don't you? Do you want to be a genious and die miserably or do you want to live normally and have a chance to be more or less happy? What do you choose, Robert?

Cinco anos depois, uma entrevista começará em cinco minutos. Bob Dylan tem quarenta e dois anos. Obedeceu Van Gogh. A idade de Robert se agachou, mas dentro de seu lábio superior, atrás do bigode, há um claro inchaço. Outros dois inchaços estão enterrados na curva do maxilar para as orelhas. São fetos mortos de palavras nunca retiradas da barriga da boca.

A entrevistadora entra, passeando sua juventude pelo quarto como madames passeiam poodles brancos por calçadas de condomínios. Ela põe os olhos na figura decadente de Bob Dylan: acabado, a pele arenosa, os cabelos vazios, os olhos murchos, os dentes sépia, o pescoço de galinha. Dylan conhece aquele olhar. As pessoas ficam três segundos trancadas, comparando seus álbuns de fotos mentais ao velho patético de osso & osso que diz que dizem que ele ainda foi Bob Dylan.

A entrevistadora religa os motores e cumprimenta Bob gentilmente, do modo como fazem jovens a senhores de idade, com voz exageradamente clara, alta e humilhante.

Ela senta, o diretor de som arruma o microfone de lapela na blusa dela, pede para que ela fale alguma coisa. Ela recita números, “1, 2, 3, 1, 2, 3”, como se não soubesse o que vem depois do 3. O homem do som faz o mesmo processo com Bob Dylan, pede para ele dizer alguma coisa no microfone para testar seu volume. Robert pega o microfone do colarinho entre os dedos, aproxima da boca, limpa os dentes com a língua, passa a língua por trás da bochecha, mas não acha nenhuma palavra. Cinco obesos segundos passam. Toda equipe olha Bob Dylan, verificando se ele realmente está lá.

Mais dois segundos e ele consegue soltar uma frase:

— God’s writting horoscopical messages in bathroom doors.

O diretor de som sorri e agradece, aliviado. O ok é dado para a entrevistadora. Ela explica para Bob que irão direto para as perguntas para poupar o tempo dele, e depois, sozinha, ela gravará as chamadas e a abertura do programa. Pergunta se ele pode dizer algo como Watch me tonight on The Ellen DeGeneres Show. Ele repete o que ela diz. Ela diz que não estavam gravando ainda. Ele repete. Ela diz ok e pergunta se ele pode fazer isso com um pouco mais de empolgação. Ele, dessa vez, fala de forma jornalística, imitando um apresentador de jornal, com a postura quadrada dos ombros. Ela diz just one more, normal tone, if you can. Ele fica quieto. Sete segundos passam. Ela resolve começar a entrevista.

A entrevistadora, quatro horas depois, sem microfones, tem Bob Dylan na horizontal e está decidida a encontrá-lo em algum lugar dentro de suas roupas.

Dylan não está muito confortável, sente-se morto, numa cama legista, com uma vampira. Dylan diz para ela pegar a blue pill na primeira gaveta da cômoda, "behind your behind". Ela ri com o pau murcho de Dylan na boca.

Ele toma a blue pill, ela vem beijá-lo mais, Robert a tira de cima de si, põe sua entrevistadora em seu lado e diz que não adianta, só em meia hora.

Ela deita nua em posição fetal, não puxa os lençóis, tem orgulho de seu corpo e sabe que ele não durará para sempre. Bob Dylan fica com a barriga virada para baixo, a cara enterrada no travesseiro como uma criança emburrada, o pau escondido, a bunda murcha de velho tapada pelo lençol.

Os olhos dela ainda brilham. Qualquer coisa que aconteça ali, poderá ainda contar para suas amigas. Escrever um livro talvez. Tudo que ela faz ali, para ela, é um evento. Se puxa o lençol para tapar a bunda de velho dele, não puxa o lençol para tapar a bunda de velho de um homem qualquer, puxa para tapar a bunda de velho de Bob Dylan.

Robert se pergunta se é para isso que vive. Pensa em levar uma vida saudável, mas lembra que pensa isso há vinte anos. Quando está aqui, esperando a blue pill lhe alugar um pouco de libído, pensa que deveria ligar ou ir visitar o filho em New Jersey, mas quando está em New Jersey com o filho fica olhando para as professoras e as imaginando nuas.

Olha no relógio. This shitty thoughts didn't spend even three minutes. Ainda faltam vinte e sete minutos para o seu pau acordar e conhecer sua entrevistadora, provavelmente sem sentir nada. Seu pau sobrevive por aparelhos, com um coração bombeado por máquinas.

— Jim Morrison had erection issues — ela diz.

— What?

— Jim Morrisson, from The Doors.

— I know who he is, honey. I knew him in person, actually.

— Ah, ok. Sorry.

— It's ok.

— Are you working on something right now?

— You already asked this at the interview.

— Well, we're in different positions now.

— Just covers. Frank Sinatra.

— Yeah, the people at the station told me not to ask you about that.

— About Sinatra?

— No, about why don't you make your own music anymore. Good cold ironic-hot Dylan. You were a genious at that and you stopped it.

— Van Gogh told me to.

— Are you serious? — diz ela, rindo.

— Yeah, more than I would like to be.

— He told you in a dream or something?

— Yeah, kind of. I was tripping, had smoked some plants from the backyard of an oldman. Then I was playing piano and getting a blow job by a sad blonde banjo playing prostitute girl, and he told me.

— He was with you while you got blown by this girl?

— To be true I never got to know if she could really play the banjo... I guess she didn't.

— What?

— Well, Van Gogh was across the room, sitting, naked too. As a mather of fact, he was more than naked. He was made of ink. He had a meadow lark, you know? The bird. Yellow. He had one in his ear. A half-alive meadow lark stuffing the hole that he made in his own ear.

— That's fucked up.

— Oh, yeah it is.

— Uhum.

— You don't believe me?

— I do, I do.

— How much time passed?

— Since what?

— Since I took the pill.

— Oh, fifteen minutes.

— Ok.

— I do believe you, sorry if I couldn't pass that to you.

— No problem.

— And what did he tell you specifically?

— That the song I was making was my last song. That it would kill me if I finished it. I think he was send to get me, like an angel, but he fucked up and told me. He's an Artist, you know?, so he warned me instead of taking me down.

— Uhum.

— Well, I don't know.

— What else did he tell you?

— You're gonna write about that, ain't you, girl?

— Yeah, probably a book if I can get to fuck you in ten minutes.

— All luck to you.

— To us. What do you think you would die from if you finished the song?

— From Art! I'd have an Art attack! I was in the middle of nowhere with just a sad blonde maybe-banjo playing prostitute girl and a Van Gogh's ink ghost. But truly, I would be dying like the last verse of a song. Because I was Art and Art ends, you know?

— People end too.

— Yeah, you're right. People end, but Art is finished. I was going be finished.

— I think you're affraid of something.

— Oh, thanks, that solves everything.

— I think you will die from Huntington disease.

— Thanks again.

— My dad had it.

— What's it like?

— Well, he talked like you sing. Mouth-full-of-grapes Godfather kind of singing.

— Hm, yeah.

— Sorry.

— No problem.

— Oh, look who is here.

— Who? Van Gogh?!

— No. Just Bob Dylan's erection in my hand.[1]

1 A versão traduzida deste conto está publicada na coleção Contém 1 Drama.

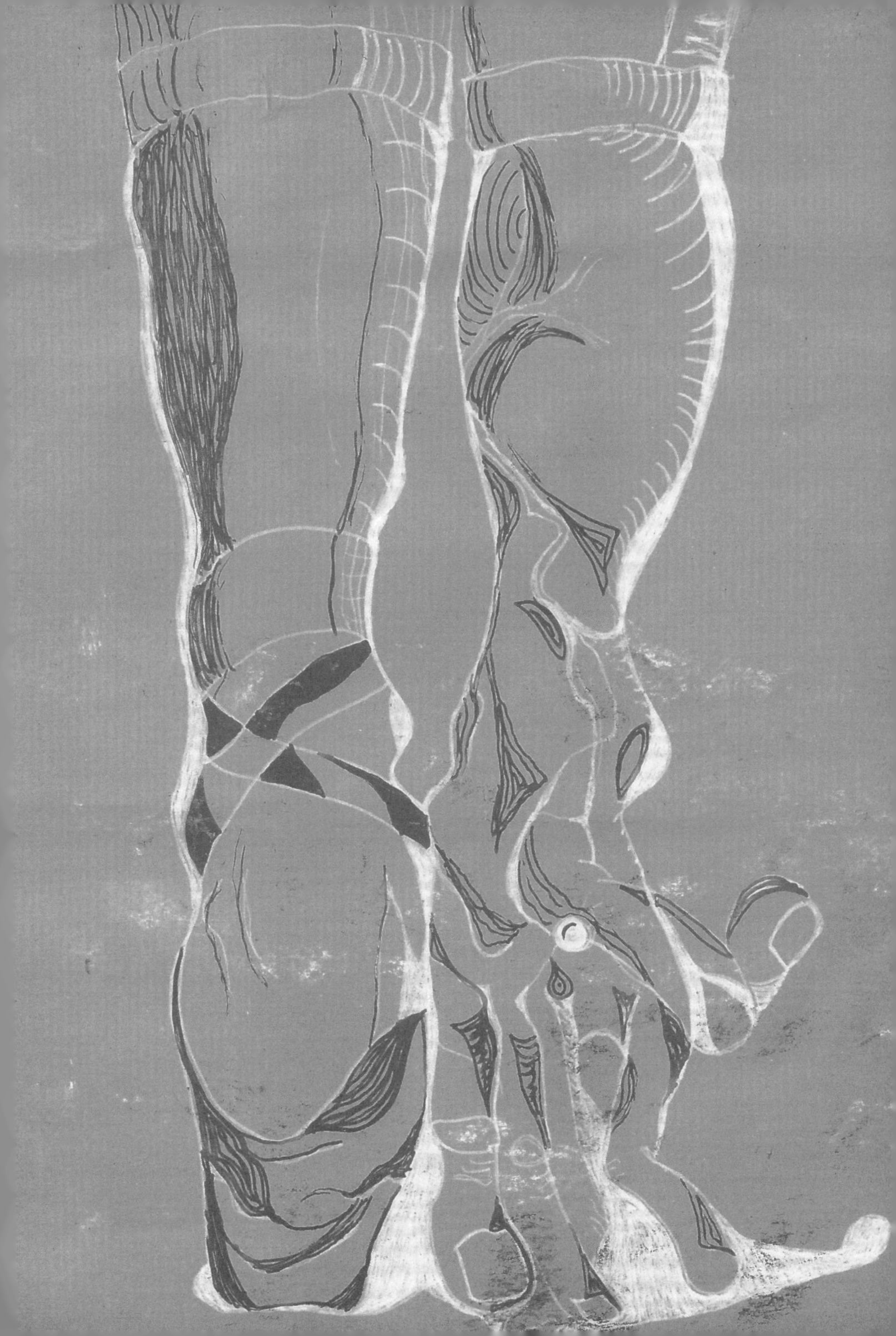

Mademoiselle
Geneviève
Babilée

Mademoiselle Geneviève Babilée sobe os dois primeiros degraus da escada não porque decidiu descer os outros oitenta e oito degraus, mas sim porque quer ouvir as notas que tocam os degraus ao serem tocados. São belas. São belas as notas, são belos os degraus.

A sapatilha de balé pisa de pontinha de pé nos degraus de marfim branco e a mão de luva longa rosada pousa e escorrega pelo corrimão negro. A música iniciada pelos dois primeiros degraus torna o silêncio diferente. Por alguns segundos, não é um vazio, mas sim uma espera.

Vous êtes résidente?[1]

O terceiro degrau corre para dentro da sapatilha de balé de Mademoiselle Geneviève Babilée e se esconde embaixo das suas unhas roxas, quebradas. O degrau corre pois tem medo de que a esperança da bailarina não consiga respirar por muito tempo embaixo d'água, no silêncio.

Os degraus quatro, cinco-seis-sete passam logo em seguida, rapidinhos, como se houvessem decidido algo.

---

1 Você é moradora?

Oito, nove-dez-onze, doze passam também, mas, no próximo grupo de degraus que Mademoiselle Geneviève Babilée sobe, os degraus envelhecem, começam a ser gêmeos siameses, os degraus começam a se repetir.

Vous ne pouvez pas aller là-bas![2]

Mademoiselle Geneviève Babilée tenta subir mais rápido para que a vida se mexa logo, mas as coisas apenas se repetem mais rápido. Suas pernas queimam de tanto correr e o tronco de Mademoiselle Geneviève Babilée encaracola, descendo por seus joelhos. Babilée cai com a costela esquerda na quina do degrau vinte e dois. Mademoiselle Geneviève Babilée senta, doloricansada, na escada de marfim. Passa a mão no degrau, com cuidado. Está tudo bem com ele. Sobe mais dois degraus escorregando sentada, dessa vez devagar, dessa vez de propósito. As notas desses últimos dois degraus soam como o enterro chuvoso de um momento infantil.

Mademoiselle Geneviève Babilée desconhece se há vida após um momento.

Sentada no degrau vinte e sete, Mademoiselle Geneviève Babilée ouve a nota do degrau sessenta e quatro soar grave. É escuro. Mademoiselle Geneviève Babilée não pode ver quem pisou tanto, com tanto peso e força, num degrau tão longe. De onde vem? Por que volta de onde ela vai?

O degrau sessenta soa mais grave ainda. Quem quer que esteja lá, desce. Mademoiselle Geneviève Babilée estica o pescoço, tentando enxergar sobre quem sobe, as costas dela desencaracolam e de novo são arco. A mão de

---

2 Você não pode ir aí!

luva rosada volta para o corrimão negro. Mademoiselle Geneviève Babilée se estende nas pontas dos pés e recomeça a subida dos degraus com seus pulinhos bailarins.

O degrau cinquenta e seis toca grave. A cada quatro degraus que ela sobe, o grave soa uma vez, mas quatro degraus acima de onde estava antes. É como se o Grave pudesse pular de quatro em quatro degraus ou tivesse a passada muito larga, lenta, firme como o caminhar de um monstro grande que pisa forte.

As notas de Mademoiselle Geneviève Babilée agudam mais e mais. Com medo, ela começa a subir quatro degraus só depois do Grave pular os seus. Excitado, o Grave aguda meio-tom. Mas, quando ele nota que, soando uma vez, Mademoiselle Geneviève Babilée soa quatro, perde-se a excitação. O Grave sente ter o controle. O meio-tom de agudo desaparece e o Grave volta ao grave.

Merci beaucoup, Mme. Margarette.[3]

Mademoiselle Geneviève Babilée grita:

— Não! — e sobe oito degraus, pulando de dois em dois.

Ele, ainda grave, ressoa.

Ela sobe, grita — Non! — e sobe mais oito degraus de dois em dois.

Ele ressoa meio-tom mais agudo.

Ela corre, ele também começa a descer dobrando o ritmo. Quer encontrá-la.

Correm um ao outro até que suas notas não sejam de oitavas tão diferentes na escada. Já não são tão agudos nem tão graves quanto eram.

---

3 Muito obrigado, Dona Margarette.

Mademoiselle Geneviève Babilée enxerga o Grave. Está a dezesseis degraus de distância. Ele veste um uniforme branco. Congela quando a vê tão livre. Ela sobe com delicorajosa vergonha os últimos degraus e finalmente Mademoiselle Geneviève Babilée e seu Grave chegam ao altar de um degrau só, o céu se abre em todos os olhos e a vida boceja. Mademoiselle Geneviève Babilée gira em torno do seu Grave e encosta a luva leve rosada no ombro do homem e então se aquieta numa metade de degrau, longe do início e longe do fim da escadaria.

Não é um vazio, é uma espera.

A vergonha evapora e as notas dos passinhos bailarins de Mademoiselle Geneviève Babilée se transformam em algo tão sutil e pequenino que não é mais música, mas sim flocos de música que se sustentam sozinhos no ar, feito neve que não cai, flutua sobre os degraus de marfim da escada.

Mademoiselle Geneviève Babilée olha para o Grave. Ele tem a mão na costela direita. Ela se aproxima, ajoelha os olhos, quer saber o que há ali de tão ruim e que lhe dói. Os dedos com que o Grave protege a costela pingam uma água azul-marrom. Mademoiselle Geneviève Babilée tira a mão protetora e vê água salgada começar a cair de dentro do Grave. Com a costela exposta, corroída e alagada, em contato com o mundo e com os olhos de Mademoiselle Geneviève Babilée, ele tem vergonha e dor. Ela aproxima os olhos da costela viva, nota que há algo na água que morava lá dentro, algo tão pequenininho, Babilée espreme os próprios olhos como limão até enxergar: ali está!, é uma Petite Mademoiselle Geneviève Babilée, uma miniatura de si mesma, uma bonequinha de caixa de música, afogada, mas viva, de pé, a miniatura segura-se em uma costela-degrau para não ser levada pela cachoeira salgada que despenca marrom de dentro do Grave.

Petite Mademoiselle Geneviève Babilée, a bonequinha viva, vira a cabeça para cima, devagar, e enxerga o rosto enorme de si mesma. Mademoiselle Geneviève Babilée sente em si o pavor que causa em sua petite miniatura. As duas choram como olhos da mesma face. A neve que flutuava começa a cair chuvosa. Derrete quando se junta à água marrom. Tudo escorre, cai, molha & gela. Sua miniatura é arrastada pela água que esvazia o Grave. A bonequinha viva, tremente de frio, despenca em uma lua cheia negra que fica nas piscinas calmas e azuis dos olhos de Mademoiselle Geneviève Babilée.

Mademoiselle Geneviève Babilée engole pela pupila a versão diminuída de si mesma, saída da costela aguada e marrom do Grave. Cai murcha sentada no degrau. Deixa a cabeça cair para o lado, fecha os olhos. Já não entende o que vê.

Quando Mademoiselle Geneviève Babilée acorda, o marfim do degrau está duro, frio, escorregadio como a superfície de um lago congelado. O corpo inchado da bonequinha ainda boia em seu olho como uma mancha morta na íris.

Vous pouvez m'entendre, Mme. Margarette?[4]

O Grave olha para ela. Mademoiselle Geneviève Babilée, sentada na beira do lago que um dia pareceu

---

4 A senhora consegue me escutar, Dona Margarette?

apenas um degrau de escada, passa a mão no pelo do lençol de neve. Mademoiselle Geneviève Babilée olha para o Grave, para seu uniforme branco, parece um marinheiro pomposo & ridículo, envia a mão ao corpo dele, desembainha um florete do uniforme, apoia o cabo da fina espada no pé e, com o outro, pisa e quebra o florete em dois. Babilée pega suas sapatilhas de balé, faz um pequeno corte nas solas e encaixa ali as lâminas do florete. Quando o Grave ajoelha-se para ajudar a colocar a lâmina na segunda sapatilha, ela, com uma das mãos, o impede.

Babilée, de patins preparados, levanta-se e estica a mão em pedido da mão de luva em couro branco do Grave. Ele a estica. Geneviève, com as lâminas, afirma-se na neve e levanta o Grave do chão. Vê o nome dele na lapela do uniforme: Garmisch-Partenkirchen, nome que anda a cavalo pela língua. Mademoiselle Geneviève Babilée eleva uma das sapatilhas que se tornou um patim e, num impulso, impõe velocidade, segurando Garmisch-Partenkirchen por uma mão. Logo, Babilée solta Garmisch, e o Grave tem de ser leve. Ele inclina o sapato, escorrega e cai no chão de onde recém havia sido levantado.

Ela faz piruetas, saltos, corrupios, enquanto Garmisch tenta descobrir a forma menos patética de cair. No chão pela terceira vez, Garmisch nota o quão estonteantes são, não os movimentos de Mademoiselle Geneviève Babilée, mas a habilidade dela em pará-los. Mademoiselle Geneviève Babilée pode fazer a barra de seu vestido de inverno flutuar como a onda sonora de um grito, mas, então, sem aviso, simplesmente parar & fazer do tempo uma estátua.

E aí então ela recomeça. Acelera fácil e firme de novo. Vai em toda velocidade para cima de Partenkirchen, que não pode fugir. Mademoiselle Geneviève Babilée, veloz, abre os braços. O Grave, parado, sem saber o que fazer, tenta recebê-la. Mademoiselle empurra o chão e com o impulso cria velocidade para saltar o Grave, que se abaixa e a vê passar por cima de si.

Quando aterrissa, Babilée gira a si mesma com o balancim da lâmina e anda de costas, relaxada. Olha para ele e o Grave diminui e diminui com a distância. Enquanto ele desaparece, Babilée relaxa.

Um segundo antes da distância fazer com que Garmisch desapareça por completo, Babilée freia e o nariz do chão espirra neve. A postura, o uniforme branco, a distância fazem o Grave parecer um bonequinho de chumbo no tamanho de caber em um umbigo.

Mademoiselle Geneviève Babilée começa a voltar, rápido, mas o Grave não cresce com a diminuição da distância, apenas sua sombra muda de lugar. Ele fica menor ainda quando ela chega bem perto dele e, com o dedo indicador, recolhe o pequeno Gravinho.

Mademoiselle Geneviève Babilée começa a cortar o lago em forma de círculo com a lâmina do patim, um círculo grande que ela corta em volta de si mesma.

Eh bien, Mme. Margarette. Aujourd'hui, vous êtes très calme.[5]

Quando já está quase no fim do corte, Mademoiselle Geneviève Babilée vai ao centro do círculo e solta piruetas tão rápidas que o Grave, novo morador de seus dedos,

---

5 Muito bem, Dona Margarette. Hoje está bem tranquila.

mal pode diferenciar a parte da frente da face giratória da parte de trás do cabelo.

Do laminar das piruetas surgem pequenas rachaduras, pequenas raízes no lago congelado de Mademoiselle Geneviève Babilée. Ela põe um pé dentro do círculo e, com o outro, pisa forte no lago que sobra fora do círculo. O resto do gelo se quebra como a face craquelada de uma senhora cheia de idade.

Ce n'est pas de la glace, d'accord Mme. Margarette??[6]

Os pedaços de gelo do lago vão mar afora, sobrando apenas uma lua cheia gelada em volta de Babilée.

Mademoiselle Geneviève Babilée leva o Grave até a unha. Garmisch-Partenkirchen, ela diz, e o nome anda a cavalo pelos dedos de Mademoiselle até cair na água.

As roupas desesperadas do minúsculo Grave se mostram transparentes quando ele nada em desespero conseguindo subir num pequeno pedaço da face quebrada do lago.

Mademoiselle Geneviève Babilée tem agora a felicidade insular de viver em uma lua cheia caída no mar. Ela senta na beira de sua ilha com os pés para fora. Os pés são lambidos pelas milhares de línguas de gato que habitam o mar da loucura. Ela deita o tronco, deixa as batatas das pernas, as sapatilhas de balé, as lâminas dos patins, deixa tudo para as águas quentes do mar anoitecido e olha as estrelas, apontando e dizendo "vivante, morte, vivante, vivante, vieille, jeune, vivante, morte, vivante, et moi?".[7]

---

6 Dona Margarette, não é gelo, está bem?

7 "viva, morta, viva, viva, velha, nova, viva, morta, viva, e eu?".

Le déjeuner est servi, ma chère Margarette! Sauf que le déjeuner pour la merde qui a cassé un vase sur la tête de l'infirmier est comme ça: je déjeune et vous mangez votre langue, d'accord?[8]

Quando cansa, Babilée vira os olhos para a luz esbranquiçada que atravessa o interior da lua cheia congelada. Quando cansa, olha nos olhos de sua solidão calma & velha. Olha para a solidão até que troque de alma com ela. Quando cansa, patina. Quando cansa, tira as roupas e enfrenta o frio com dedos quentes. Quando cansa, dorme e já não está mais cansada.

O tempo desce e alguns pontos da lua cheia de Geneviève já estão arruinados. As teclas do piano do pianista que comanda a música interna da cabeça de Babilée estão amareladas pois ele toca só & sempre a mesma música: *Claire de lune*, de Debussy. A lua já não é mais tão cheia, tem agora quinas.

Margarette, pouvez-vous me dire votre prénom?[9]

Babilée espera,

espera,

olha para si. Os próprios braços, as coxas, os dedos são só sentimentos: sentimentos de aqui esteve um braço, uma coxa, um dedo esteve aqui, como se não fossem carne, mas fotos antigas tiradas de seu corpo. Tem apenas dois dedos da mão sobrando com carne e osso, o resto são memórias. Babilée não sabe se foi o Grave quem a esqueceu ou se foi ela quem parou de se mexer desde que o afogou. Exige pensar que foi ele.

---

8 Almoço, minha querida Margarette! Só que almoço para a merda que quebrou um vaso na cabeça do enfermeiro é assim: eu almoço e você come a sua língua, está bem?

9 Margarette, você consegue me dizer seu nome?

Mademoiselle Geneviève Babilée se ajoelha. Faz um caracol em volta de si mesma.

Dorme.

Quando acorda, o medo ainda estufa seu travesseiro. Uma lua congelada pequena derretendo sem ninguém. Onde há comida? Onde eu deveria estar que não estou?

Sem ter para onde ir, Mademoiselle Geneviève Babilée levanta e gira. Rodopia até perceber, dentro do furacão interno que cria, que rodopia. Mira a própria face que grita e a nuca que circula. Toma consciência de que gira. Fica tonta e vai parando. Parando.

Sente que o chão abaixo de seus pés está instável. O lago, mole. Tudo afunda e ela cai na água negra e gelada. Os patins pesam e tornam muito difícil o nado de volta para a superfície.

Tem um déjà-vu.

C'est l'heure du médicament, Mme. Margarette.[10]

Sente o último instante de controle, a última possibilidade de se segurar na lua cheia derretida, a possibilidade passa por seu ombro, desce por todo o braço arrepiado e sai pela ponta da unha. Fecha os olhos. Pulo e deixo a água respirar-me. O choque térmico adocica minhas células azedas e salga minhas células doces. A água passa por meus olhos, massageia as bochechas. Solto as sete ou oito pequenas luas transparentes cheias de oxigênio que me sobram no pulmão e desço por uma pupila negra gigantesca, para fora de mim & para dentro de uma Géante Mademoiselle Geneviève Babilée. Por dentro do corpo da

10 Hora do remedinho, Dona Margarette.

gigante, desço com a água, passo pelo pescoço, escorrego no túnel entre os seios, caio no estômago e paro no vértice do ventre, entre as duas coxas da Géante Mademoiselle Geneviève Babilée. Destruídas & reconstruídas, vejo que há cidades inteiras dentro dessas coxas. Por isso já não há em minha cabeça medo de pisar nas nuvens vazias que habitam, como meias, a sola de nossos pés.

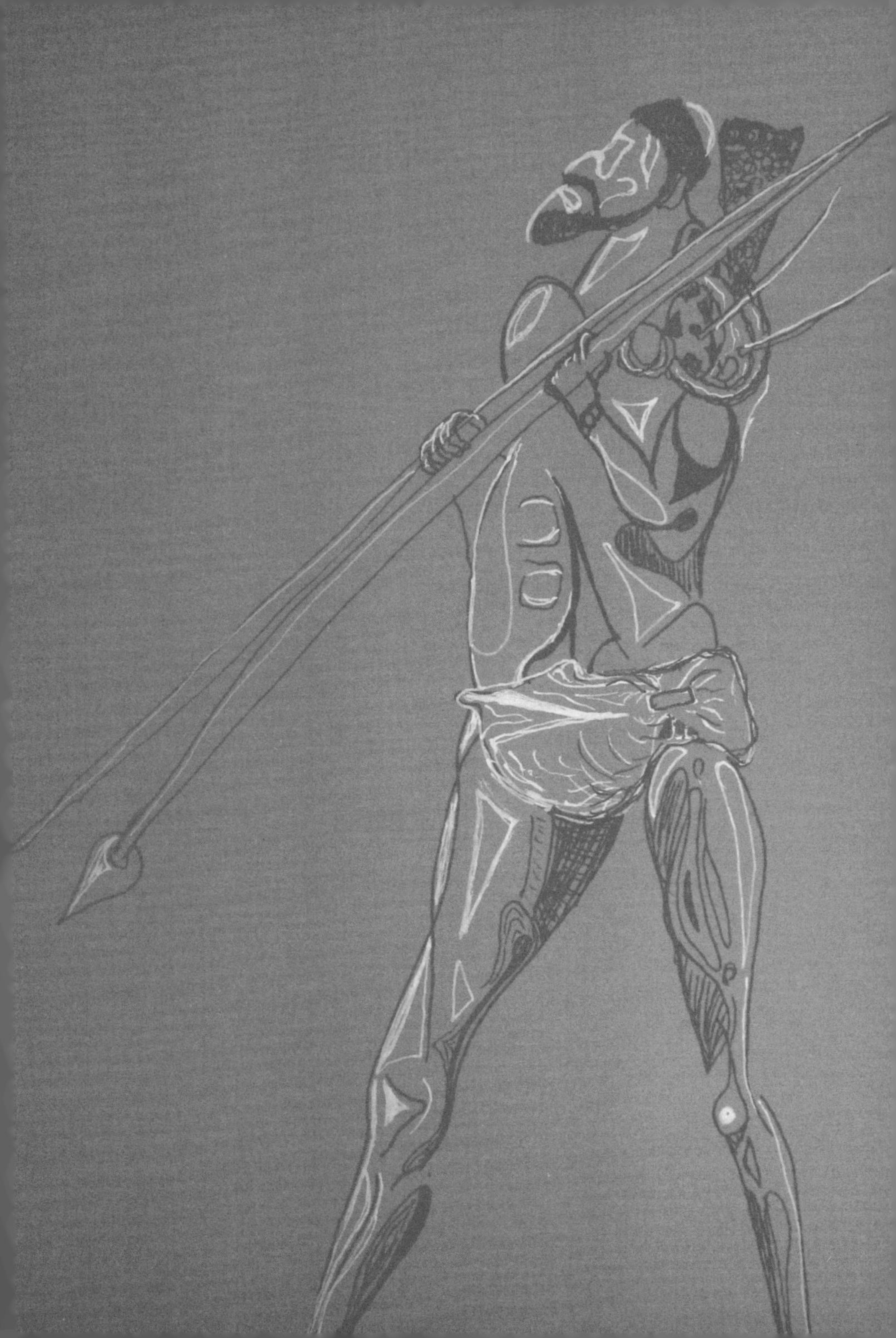

Tetewãisipëteri

Sobrevoava grandes regiões de mata fechada & nativa, sem estradas ou trilhas, até encontrar uma falha amarela na pele grossa-verde da floresta. É incrível & incrivelmente trabalhoso olhar para o solo embaixo de um avião e ver por mais de nove meses apenas verde. Todos os tipos de verde: oliva, aspargo, tulipa, lima, abacate, esmeralda, bandeira, musgo, menta, jade, kentucky, chartreuse, fantasma, exército, marciano, lunar, verde, verde, verde.

Algumas várias vezes, você se vê como um idiota por viver sua vida desprocurando verdes para encontrar outra cor; e ainda gastar o dinheiro, muito dinheiro, do orçamento de pesquisa da universidade para isso. Dá raiva. Às vezes, pareço um velho que olha para o céu o dia inteiro, durante vinte anos, na varanda de casa, com uma bolacha de doce de leite na mão, caso finalmente extraterrestres decidam fazer uma aparição e, por outro acaso, estejam com fome de doce.

Sinto-me à procura desses homens verdes, extraterrestres, mas é exatamente o contrário o que nós, antropólogos culturais, fazemos. Procuramos, na verdade, estudar o homem mais intraterrestre possível. No caso do planeta Terra, a mata mais nua & nativa, a mata que menos registra marcas do tempo do homem chama-se Sierra Parima e está dentro da Amazônia.

Se você tiver interesse em ser um antropólogo cultural, em fazer trabalhos de campo, procurar povos originários, saiba que sua família e outros vão achar que você é um idiota. Um imbecil sem habilidade de viver. Durante dez, vinte, trinta anos ou até uma vida inteira, você estará esperando ver. Apesar dessa característica pacienciosa, a antropologia é a única religião que realmente quer encontrar seu Deus, vê-lo, tocá-lo, estudá-lo. As outras religiões desejam apenas esperá-lo. A antropologia é a única religião que não tem medo de seu objeto e é por isso que ela não é religião, e sim uma busca pela ciência.

Será um pontinho oval amarelo-areia no meio de um segundinho de tempo que se esconde dentro de nove meses de tempo-verde, seis horas-oliva, trinta e dois minutos-tulipa de puro verde-paciência. E então lá estarão eles: desaverdeados, coloridíssimos!, eles que ainda não descobriram a eletricidade ou a roda ou o metal, mas que ainda estão aproveitando a descoberta das cores. Lá estarão aqueles que farão com que você não tenha tempo de virar para trás e dizer que estava certo nem tempo para enfiar a bolacha de doce de leite velha & derretida na cara de quem o achava idiota por fazer o seu trabalho do jeito que deve ser feito: com paciência & esperança infinita.

Parecerá um ovo quebrado a estrutura amarelo-palha no meio do verde-infinito. Você verá o sinal mais clássico da humanidade, desmatamento. A luta contra a natureza esmagadora. Luta por espaço. Humanos desejosos de ter e, portanto, de criar sua própria natureza.

Depois de tantas horas de voo procurante, ver aquele pedaço redondo de chão arenoso desmatado, aquele ovo amarelo quebrado no meio da floresta, é como descobrir que você está grávido ou, na verdade, para uma metáfora mais correta, é como descobrir que sua mãe está grávida de você. É o milagre da consciência viajando no tempo. Um povo originário intocado! O sonho maior da consciência: visitar a inconsciência! Mas chegar lá não é tão simples.

Sobrevoei mais um tempo o ovo humano-amarelo da floresta esperando ver os integrantes da tribo. O que encontrei não foram pessoas, mas mais ovos. Vários ovos, quebrados, espalhados, como se fossem grãos de pólen que caíram perto e ali ficaram. É assim que você enxerga do avião, pequenos ovos, mas são tribos e mais tribos. Cinco no total. Algumas maiores, outras menores, uma gigantesca. Todas intocadas.

Olhando, no meio do nada, essas falhas minúsculas na pele verde-infinito da floresta, você se pergunta: como esse povo chegou até aqui? A resposta é que eles não chegaram de nenhum jeito, de nenhum lugar; eles nasceram ali. É então que seu cérebro dá uma volta ao mundo e pergunta o óbvio: como assim nasceram ali? Nasceram de quem? E não há resposta. A flor vem da semente e a semente vem da flor. O mistério total é tão simples & perto que assusta mais do que se fosse complicado & longe.

O quão fora & longe estamos de conhecer qualquer

coisa se sequer conseguimos sentir ou entender o infinito, aquilo que está literalmente em todo lugar?

Começa então a parte mais realista de nossa jornada. Nadar nos papéis da burocracia venezuelana e brasileira, só para então lhe dizerem ao fim que a questão é dinheiro, e não outros papéis.

Passei a pagar as pessoas antes mesmo delas cobrarem. Tudo correu mais rápido.

Tenho na mão as permissões para entrar na floresta, Fundación Indigenista de Venezuela, também da FUNAI, papéis aleatórios em geral. Entro no ônibus para Porto Ayacucho, cidade mais perto do ponto da Sierra Parima em que enxerguei do avião quem eu queria conhecer na terra.

Se meus desejos e objetivos forem contemplados, essas tribos vão me deixar dar um passo para trás, chegando mais perto da minha própria origem, da humanidade em estado infantil.

Depois do ônibus, compro um milhão de presentes para os índios que espero encontrar. Mais milhões de provisões para minha estadia na Amazônia. Toda esta parte do processo só é agradável pelo cheiro de proximidade com a floresta. Mas a entrada no que chamo de Amazônia só ocorre com uma mudança no tipo de locomoção.

Navegar em uma canoa a motor pelo intestino grosso da cobra tranquila que é o Rio Orinoco faz minha viagem ganhar a estética da aventura. É como se a floresta amazônica estivesse tentando dizer alguma coisa e eu fosse a pequena célula encarregada de ir até a memória escolhida, coletar algumas palavras e tentar sair com elas intactas de lá. Sinto-me animado, sozinho e tenho ocasionais calafrios de medo.

Meu guia de Porto Ayacucho até o ovo amarelo quebrado se chama Fontanawe. É um antigo xamã, preso e depois solto pelo sequestro de Cristina Valero, uma menina de sete anos que perambulava com o pai e o irmão pela parte brasileira da floresta amazônica quando foi abduzida por huyas — jovens adolescentes — da tribo de Fontanawe. Fontanawe se responsabilizou pelas acusações das autoridades brasileiras, pois Cristina Valero era sua prometida. Foi preso e solto dois anos depois, já que era inimputável, não sabia o que estava fazendo, segundo o juiz. Fontanawe nunca entendeu bem os rituais pelos quais passou. Não conseguiu também voltar para sua tribo por falta de dinheiro & linguagem para pagar e negociar o barco a motor. Hoje, mendiga na cidade e faz pequenos bicos — como este de me guiar pelo rio — em Porto Ayacucho. Já traficou drogas e praticou alguns furtos com as pessoas que conheceu na prisão.

Cristiana Valero, mesmo sendo uma criança, não foi aceita de volta em sua família, pois estava "suja pelos índios", "impura", segundo seu pai. Ela voltou então, a pé, para a tribo que a sequestrara, sendo prometida dessa vez para o filho de Fontanawe. A tribo não reclamou nem comemorou sua volta.

Nas trilhas da Sierra Parima, Fontanawe está inquieto, pois sabe que está finalmente conseguindo voltar para a floresta. Tem medo de que a mata não se lembre dele, que os espíritos não o reconheçam e assim o amaldiçoem. Fontanawe diz que não cheira seu epepe[1] há grandes tem-

1 Alucinógeno usado ritualisticamente pelos Yanomami.

pos, diz que sua conexão com os espíritos da floresta certamente estará muito diminuída, que talvez eles não o aceitem mais.

No caminho, agora chuvoso, possuo apenas coordenadas e um mapa que parece uma aquarela de criança. Fontanawe não entende nada das coordenadas, mas olha com intensidade, girando para todos os lados e discutindo com meu mapa de criança. Desenhei um ovo amarelo quebrado no lugar aonde quero chegar, na menor aldeia, bem ao lado da maior delas. Fontanawe diz que nem ovo nem povo estarão lá. Diz que as pessoas da Amazônia se mexem muito, trocam de roça & casa toda hora, que não vou encontrá-los, mas que mesmo assim ele pode me levar até lá para que eu esteja errado com os olhos em vez de com os ouvidos. Odeio seu ar ridículo de sabedoria silenciosa e, mesmo notando que ele não consegue contar até dez em sua própria língua — mesmo porque sua língua nem chega ao dez —, irrita-me cogitar que ele seja um homem extremamente sábio.

Numa de nossas paradas, Fontanawe pesca como se andasse a cavalo. Sua linha de pesca entra no Rio Orinoco e o xamã puxa a linha como rédea. Conversa com o Rio Orinoco, convence-o a entregar seus peixes, promete coisas para as águas que são para ele éguas sendo domadas. No fim, se o Rio Orinoco não entrega seus peixes, Fontanawe fica muito bravo e dispara com um revólver contra as pedras do rio. Sim, Fontanawe possui um revólver e diz que, em sua tribo, muitos também tinham. Pergunto como armas chegaram lá e ele diz que fui eu, nabe[2], e

2 Estrangeiro não indígena.

aponta para o revólver na minha cintura, exatamente igual ao seu: americano, cromado, cano longo, de faroeste.

As éguas do Rio Orinoco fazem Fontanawe feliz e lhe entregam um peixe. Fontanawe faz um tipo de discurso público em sua língua antiga. Apesar de não haver ninguém de sua tribo conosco, ele olha para todos os lados enquanto fala alto, altivo & exibido sobre seus conhecimentos do espírito profundo da floresta.

Trouxemos seis cachorros. Hoje, um morreu. Graças a deus não foi Mandela, a cachorrinha que eu mesmo trouxe de minha cidade, com mais papéis burocráticos venezuelanos do que eu mesmo. Mandela e seu focinho tiveram de inclusive fazer uma foto para um tipo de identidade animal muito cômica a ser apresentada no aeroporto de Caracas.

Fontanawe me informou que cães, além de facões, linhas e redes de pesca, machados, armas de fogo e — veja só — perucas, eram boas moedas de troca com os indígenas da Sierra Parima. Mandela não veio para ser trocada, mas sim porque foi minha primeira companheira, meu primeiro estudo e tese de doutorado (*Por que amamos os animais humanizados e odiamos as pessoas animadas? Um estudo da natureza do desejo humano por equilíbrio categórico na dinâmica: nada, animal, humano, máquina & Deus*, editora Dublinense, 576 páginas). Essa tese foi baseada em alguns testes polêmicos com minha cadela Mandela, mas me rendeu alguma fama acadêmica, pagamentos por palestras (onde eu levava também Mandela) e finalmente um projeto de pós-doutorado de cinco anos financiado pelo governo, pesquisando agora já com um título mais literário. Ao sabor dos livros de Antonio Damásio, meu livro, se tudo correr como espero, terá na capa algo mais apelativo: *Um índio chamado Peter Pan: processos de limitação social do superego aplicados pelos índios na manutenção do estado tribal infantil.* Considero uma boa ideia e sem Mandela nada disso poderia ter acontecido. Assim, Mandela não veio porque eu quis, mas sim porque merece, faz parte integral da história a que pertenço.

Para o enterro do cão morto durante a viagem, Fontanawe sentou em cima do cadáver canino por uma hora e depois gastou uma noite inteira para velar o espírito do cão. Ele não se sente tão à vontade de realizar seus rituais sem sua tribo & sem seu epepe. Por vezes, desiste das danças que faz e fica quieto por vários minutos até tentar de outro jeito, por outro ângulo, conversar com a floresta. Parece um entrevistador ou um palestrante sem público, sem microfone, treinando em casa o fracasso que certamente virá.

Fontanawe insistiu em fazer uma grande fogueira para queimar o animal. Respeitei suas maneiras e ajudei-o. Não o fiz porque acredito ser o correto, útil ou fácil, mas porque quero e preciso começar a rebaixar meu ego, torná-lo mais parecido com um ego quebrado antes de chegar ao ovo da floresta. Tenho de virar meu espírito de dentro para fora como se faz com uma camiseta suada, suja, enculturada, quando não se tem outra. Se eu não virar meu espírito para fora, a floresta me martelará, amassará minha memória até que eu entregue o que tenho dentro de mim ou que confesse que nada tenho.

Fontanawe disse:

— ¿Cree llegar allí y que?

— ¿Y que que?

— ¿Lo que va a hacer? — perguntou.

— ¿Cuando llegar?

— Exactamente, cuando llegar al huevo amarillo. ¿Que hará?

— No sé.[3]

Huevo amarillo. É assim que surgem os nomes externos dos povos, nomes que o próprio povo não reconhece. Nós tendemos a nomear as coisas mesmo antes de podermos perguntar para a própria coisa: qual seu nome?

Dois dias depois já os chamávamos pelo novo apelido do apelido: Huevoamarilloteri.[4]

Como surgiram tantas curvas nesse rio? Esperamos o Orinoco encher. O rio parece ser a principal defesa natural de Huevoamarilloteri. Uma corredeira cheia de pedras muito difíceis de passar com o barco rio acima. Muito difícil também sair rio abaixo. Um isolante natural. Empurramos o barco pela corredeira como se fosse um carro enguiçado. Perdemos nas águas mais um cachorro que caiu pela corredeira. Perdemos também um barril de gasolina e seis facões, mas passamos. Estamos perto.

Estou acampado a dois quilômetros de Huevoamarilloteri. Fontanawe já me abandonou, saiu em procura de sua própria tribo. Perguntou se eu queria marcar uma data para que ele voltasse e conferisse minha situação,

---

3 — Pensa em chegar ali e o quê? / — Que o quê? / — O que vai fazer? / — Quando chegar? / — Exatamente, quando chegar ao ovo amarelo. Que vai fazer? / — Não sei.

4 Teri é algo como casa, comunidade, tribo, povo. Caracasteri é a cidade de Caracas, Porto Alegreteri é a comunidade de Porto Alegre, Huevoamarilloteri é a tribo dos Huevoamarillo.

caso eu não encontrasse ninguém. Eu sequer me lembrava dessa possibilidade. Não negociei meu retorno, só a ida. Fontanawe tentou me cobrar uma pequena fortuna para me procurar nesse mesmo local em algum tempo. Eu disse não e ele riu de minha cara. No exato momento em que foi embora, entendi o porquê. Vão com ele todas as pessoas num raio de quinhentos quilômetros que conhecem ou usam dinheiro além de mim.

Creio não tê-lo pago, pois assim não posso voltar. Com o barco, se foram minhas chances de ter medo, dúvidas ou desejos de retorno.

Descarregada minha cidade inteira de provisões, presentes & cachorros, pisei no ovo pequeno, a menor aldeia dos Huevoamarilloteri. Sem gente. Apenas um telhado redondo grande, algumas redes abandonadas, mas as opções são achar os Huevoamarilloteri ou restar na solidão total & amazônica. Meu medo preferirá os Huevoamarillo, me empurrará até eles.

Ainda não vi ninguém, apenas sinais de presença humana nas trilhas. Galhos entrelaçados de forma artificial, cordas feitas por humanos para ajudar todos a passarem pelas partes difíceis da trilha. Há alguém perto daqui. O ovo amarelo não é só uma mancha amarela na pele da floresta.

É o fim do enxergar de longe. Amanhã tocarei o solo da maior aldeia, vista de cima. Há algo lá ou não?

Estou há três semanas aqui. Faço dezessete quilômetros de caminhada todos os dias, mas nunca encontro qualquer ser que não seja feito de fauna & flora, qualquer ser vertical, desses compridos, eretos, qualquer ser que se mexa como um humano já seria um milagre.

Caminho na trilha deles. Cordas. Fogueiras antigas. Natureza pisoteada. Um bebê morto, estraçalhado, marrom-roxo, & meu coração se arrepende imediatamente de ter vindo, como uma criança que foi brincar do lado errado da vizinhança se achando corajosa e agora só pensa em ser salva pela mãe. Mas já não há mãe.

Continuo porque não tenho outra alternativa. O infanticídio é uma prática comum na Amazônia, segundo Fontanawe. Vem diminuindo, ele diz, mas crianças doentes, gêmeos, filhos de mãe solteira, filhos de adultério, filhos de inimigos ainda morrem. As próprias mães assassinam seus recém-nascidos, disse ele. Os bebês com deficiências aparentes são sempre mortos por suas mães, mas vários bebês aparentemente saudáveis também são mortos. Fontanawe não soube me explicar o porquê. Sabe que matam os bebês, enterrando ou, como nesse caso, jogando-o contra uma árvore.

Tudo isso são palavras & histórias. Mas ver um bebê morto, roxo, com o cérebro branco de um passarinho espalhado em pedaços no seu caminho é outra coisa. É a pior combinação de cores & significados que já vi se juntarem na minha frente. Meu cérebro não entende como pode caber tanta morte dentro de uma vida tão pequena.

É também o pior presságio que poderia imaginar. Ameaças diretas à minha vida seriam mais bem-vindas. Se eles matam seus próprios bebês, o que sobra para um nabe adulto?

Vomito na floresta apesar de não ter comido nada. Um vômito branco, da cor do cérebro do bebê. Dou um passo por cima dele, olho pela última vez sua pequena face roxo-marrom estraçalhada e continuo minha caminhada.

Pego na mochila um biscoito doce para pensar em outra coisa, mas logo esqueço que peguei o biscoito e ando para frente amassando o biscoito que se esfarela na minha mão e cai pela trilha sem volta da floresta enquanto vejo uma fila. Um. Dois. Três. Caminhando em fila. Um, dois, três. Uma mulher, um homem, uma criança. Os três andando despreocupados, em fila, separados, nus. Todos conectados pelo cabelo gigantesco & negro da mulher, última da fila. O cabelo dela sai de sua cabeça, liso como cobras, faz um pêndulo, chega ao pescoço do homem, que usa o cabelo como um colar de três voltas, faz outro pêndulo e chega à criança, que carrega o cabelo amarrado por todo seu tronco. Eles são lindos & claramente são diferentes de tudo que eu já vi ou sou. A mulher não usa roupa alguma, veste apenas cores. Amarelo embaixo das bochechas, vermelho-vivo nos braços, padrões pretos circulares na barriga, riscos zebrados nas pernas. Os três chegam à beira do rio, carregando o cabelo, acompanho-os com os olhos, eles lavam o cabelo com toda a paciência & dedicação. A cena é a mais linda, pois mais calma, que já vi. O reflexo das mãos na água parece fazer o rio abanar como um vizinho. Meu cérebro & sensibilidade estão iluminados, acordados, claros, e então sinto meu próprio bafo, um gosto ruim na boca, e lembro que vomitei, pergunto o porquê e vejo que aquelas pessoas tão... tão musicais em seus gestos, pessoas que parecem dançar canções mudas, que vivem um suave tempo lento dentro d'água, aquelas pessoas pegaram um bebê recém-nascido pelo tornozelo e atiram o próprio bebê ao encontro de uma morte tão dura quanto o tronco de uma árvore centenária.

Ainda estão desacostumados com minha presença.

O jeito mais prático de acelerar as coisas é também o mais perigoso e precário: entrar e sair — essa segunda parte é a mais complicada — de um conflito. Conheço a posição hierárquica de cada um, sei o que os irrita, o que lhes importa, com quem posso brigar e pelo quê.

Há um jogo dos Huevoamarilloteri chamado de toofi pimbì. Parecido com futebol americano, mas sem a bola. Pelo que percebi, quem convence os outros de que tem a bola imaginária, quem atua melhor, é porque efetivamente tem a bola e pode levá-la ao lugar que lhes é análogo ao gol.

É sempre interessante e ridículo quando o hekura, o xamã da tribo, entra no jogo. Ele caminha calmamente em meio a todos, levando na palma da mão a bola que, por ser o hekura, todos acreditam que ele tenha. É um teste hierárquico. As tentativas de troca de hekura na tribo se iniciam muitas vezes durante o toofi pimbì — apesar de que vários índios não têm interesse nenhum em ser o hekura.

Alguém tenta tirar a bola do hekura e atuar melhor a posse dessa bola imaginária. Se a tribo acreditar no novo possuidor da bola e em sua atuação, há um novo hekura. O normal é que isso aconteça como ritual de comprovação de uma troca de hekura já antes notada.

Durante uma das sessões diárias desse jogo de desfiles, resolvo criar meu conflito. O hekura faz o gesto de jogar a bola imaginária para um dos huyas, os adolescentes da tribo. Levo meu ombro forte demais contra o ombro de um dos huya, no caso, um jovem cheio de violência, mas sem muito prestígio. Ele se irrita e joga areia nos meus olhos. Faço o mesmo. Nos agarramos em pé, sem socos, como um sumô entre magros. Puxo o cabelo dele e todos ficam irados. Solto e peço desculpa. A briga para e o hekura decide que a coisa será resolvida de forma civilizada, ou seja, numa luta de tacapes. O hekura tem um sorriso na face que diz que aquilo é normal, saudável.

O huya tira um tacape da estrutura da xapono[5], um pedaço de pau longilinissimo e muito duro, que segura o alto teto da comunidade. O tamanho é de uma vara do salto com vara. Quanto à dureza, minha cabeça já me dirá, pois lá vem o tacape em direção ao centro dela. Tenho de ficar parado e resistir o melhor possível. Assim são as regras: cada um golpeia de uma vez. Quem desmaiar ou desistir primeiro, perde. O tacape explode na minha cabeça e eu explodo no chão, desmaiado. Quando acordo, não sei quanto tempo depois, todos estão nos seus afazeres diários, mas o huya e o hekura ainda estão lá, firmes, dentro do jogo, esperando para receber meu golpe de direito.

Levanto. Ponho a mão na cabeça e sinto um galo do tamanho de uma bola de sinuca. Pego meu tacape. O huya ri e o hekura chama atenção da tribo para o evento. Eu não estou nem aí para nada, só quero explodir a cabeça daquele adolescente arrogante. Penso no bebê roxo morto, me afasto, ganho distância, venho correndo como vi no salto com vara. Ponho, burramente, toda a força que tenho no descer daquele tacape e PLUM!!! Erro a cabeça do huya e acerto o chão. Todos riem da minha cara.

Sofro mais três golpes fortíssimos antes de acertar

---

5 Estrutura coletiva onde moram as tribos.

meu primeiro. Minha cabeça já parece a lua de tão montanhosa e cheia de buracos. Sangro pela testa, pescoço e começo a temer pela minha saúde mental e física restante depois do fim da luta. Sei que deveria desistir, que ainda assim teria ganhado algum respeito dos Huevoamarilloteri. Isso são os pensamentos no centro de mim, mas quem me comanda agora é meu orgulho que pulsa na ponta dos meus dedos segurando o tacape. Meu cérebro desceu e está na palma da minha mão. Tudo que quero da vida é explodir a cabeça do huya.

Meu tacape desce pelo céu da Xapono e os índios gritam ansiosos pela chegada do pau na cabeça do huya. Espero atingir o chão, como sempre, mas dessa vez o impacto vem antes. A sensação é longínqua, demora para chegar da ponta do tacape até minhas mãos, mas o corpo do huya dobrando em dois, a cabeça enterrando no corpo, o barulho de madeira trincando, um corpo estatelado no chão, os gritos e risadas dos outros, é um prazer infantil primitivo imenso.

O huya não desmaia, tenta levantar, mas está completamente zonzo. Os outros huyas cercam-no para rir de sua cara, como se ele tivesse perdido para uma criança. Fazem cócegas em seus pés e levantam o huya para vê-lo caminhar desorientado.

Eu o abraço e me ajoelho a seus pés. Admito que fiz isso de forma fingida, instrumentalista — mas também relato que aqui, entre os Huevoamarillo, o teatro, o cênico, é uma coisa mais cotidiana, menos evitada do que fora daqui. Digo "Kutao, kutao!"[6] ao hekura. Desisto e os Hue-

6 Já chega, já chega!

voamarillo ficam impressionados com alguma coisa em mim, jogam-me olhares de curiosidade. Noto que criei uma energia através do meu ato e que eles ainda não decidiram se é boa ou ruim. É como se eu tivesse dado um primeiro passo a uma identidade indígena.

Os Huevoamarillo só nomeiam seus filhos mais tarde, quando as crianças apresentam características mais marcantes. Histórias fazem nascer seus nomes, como Kahikinasiwa, "Boca de mentiroso", ou Paitemanhöwa, "Caminho sujo" — pois sempre escolhe o caminho errado para as heniomou, caças coletivas —, Wahatiunokaiwa, "Órfão assassino" ou "Assassino com frio" (para mim, este o nome mais interessante que vi até agora, pois vem da palavra wahati, que significa, dependendo do contexto, "órfão" ou "com frio", numa linda metáfora poética indígena).

Passados dois meses da luta de tacapes, ganho um nome, infelizmente desconectado daquele episódio. Descobri também o nome verdadeiro deles: Tetewãisipëteri. Já meu nome é, para eles, Chaki ou Chakiwe. Baseado no nome do inseto Chanki, um tipo de abelha muito chata que adora picar peles suadas. Sou o homem chamado abelha pois já apliquei nos Tetewãisipëteri mais de cem injeções contra sarampo, malária & coqueluche, e tirei mais de cento e cinquenta amostras de sangue para análise em laboratório, tornando-me assim uma "abelha" que pica os índios suados a todo momento.

O trabalho de pesquisa é muito difícil, sozinho. Tenho de numerar os índios para saber quem já fez o quê comigo. Pinto os números no braço deles para saber melhor. Também troco metais por informações sobre suas mortes. Peixeiras, machadinhas, perucas, troco tudo que posso com os Tetewãisipëteri por informações de quantas pessoas eles já mataram, quantas já foram mortas em sua família, quantos filhos têm, quantos filhos mortos, quantas tribos conhecem, onde estão, como surgiram os conflitos de guerra com as tribos vizinhas.

Os Tetewãisipëteri tradicionalmente não podem falar nem o nome de uma pessoa morta. Eles trocam as próprias palavras para não citar os mortos. Por exemplo, um homem chamado Himowake morreu e seu nome significava também o nome de um fruto vermelho da floresta. A partir da morte de Himowake, nunca mais foi pronunciada tal palavra e o nome do fruto vermelho foi trocado para suri-surimiwe, nome que já era usado para o espírito de um passarinho vermelho). Assim, surgem, através da morte, lindas metáforas entre eles.

Ao fim de minhas entrevistas, os Tetewãisipëteri saem devastados de tanto evocar os nomes de seus mortos, mas saem também donos de uma útil machadinha, rede ou peruca. Alguns saem leves, pois mentem. Riem demais. Não uso suas amostras, não são confiáveis. Não sentem dor na morte. Dizem que o nome dos mortos são coisas como Nakaweshimi, "Boceta Peluda". E contam suas histórias: "Boceta Peluda era casada com Pau de Passarinho, seu filho mais novo era Buraco do Cu, que matou Cu Tapado". Tudo bastante infantil & inútil.

As amostras precisam estar perfeitas e congruentes entre si. Se alguém diz que X morreu em conflito com a tribo Y, isso tem de ser corroborado por outro índio de outra tribo ou não tem grande valia como estatística. O obituário precisa estar pronto em sete meses, que é quando meu orientador chega às aldeias para avaliar meus estudos e comparar aos resultados de meu colega Jacques Chagnon, que trabalha nas aldeias do outro lado do Rio Orinoquito.

Jacques Chagnon e eu recebemos uma carta de Bernard Strauss, nosso orientador, através dos missionários da ação contra a malária. A carta ordenava que Jacques Chagnon e eu estivéssemos na mesma aldeia, a maior possível, para recebê-los de uma vez só e apresentar nossos resultados. Decidimos pela minha aldeia, por ser maior, e Jacques Chagnon passará aqui três meses, preparando suas amostras para exposição.

Nossa preparação para receber Bernard Strauss é gigantesca. Estamos muito nervosos. É como se nosso pai estivesse chegando depois de nos deixar cuidando da casa por um verão inteiro de festas, drogas e destruição colegial. Olhamos para a tribo com olhos de alguém que chegasse agora e o que vemos é um mundaréu de homens de perucas coloridas como se estivéssemos em uma festa drag em Ibiza; estão cheios de números pintados nos braços como presos de um campo de concentração de uma Auschwitz latina onde eles mesmos são os guardas, andam pelo velho oeste ameríndio com machados, espingardas, revólveres que trocamos com eles em momentos de necessidade ou desejos mais extremos.

É um total absurdo, somos um desastre artificial.

Faltam poucos dias e estamos tentando fazer tudo parecer mais indígena por aqui. Proibimos os Tetewãisipëteri de dizerem os nomes de seus mortos, coisa que havíamos pagado com muitos bens para desproibir antes. Jacques Chagnon parou com as "aulas" que dava às crianças e adolescentes: aulas basicamente de masturbação, sexo oral e anal, com mãos, bocas & ânus infantis. Jacques Chagnon não aceitou parar, porém, de dormir na mesma rede que sua esposa-criança. Conseguimos recolher todas as armas, os machados, os facões. Prometemos devolver mais armas depois que nosso chefe tiver ido embora, os Tewãisipëteri entenderam e aceitaram.

Fazemos tudo isso. Recriamos o paraíso perdido. Fazemos um tipo de descatequização, desaculturação, uma indigenização dos índios para que Bernard Strauss, divo acadêmico da antropologia cultural, encontre o mais perto do que espera de nós, da floresta, dos índios & dos primeiros rascunhos da natureza.

Depois de todo esse trabalho, deito, durmo & sonho com mil bebês. Na maternidade de um hospital, um velho doente quer conhecer a ala dos recém-nascidos. Sou o enfermeiro. O velho usa muitas roupas, de muitas etnias, pois sua doença lhe causa muito frio. Quer ver os bebês nus. É ignorante ao fato de que esqueci os bebês na ala dos recém-nascidos como um bolo no forno de uma casa abandonada há muitíssimo tempo. Quando entrarmos lá, já não haverá mais nenhum bebê.

O velho e eu restamos parados na frente do vidro da maternidade. O que quer, então, o velho doente, é olhar a roupa que os antigos bebês criaram para si.

Isto também não é possível, pois a doença do velho faz nascer dedos nos olhos, não só tapando sua visão, mas inclusive transformando o que quase não é visto.

Sinto-me infectado, como se o velho estivesse sentado em meus cílios, contando historinhas loucas para que meu olho entenda a luz que não vê.

Acordo muito nervoso e tomo café tremendo, pensando em, pelo amor de deus, qual é a pesquisa que vale a pena humana de vir até aqui, o meio do mato, estuprar, prostituir & emperucar os selvagens?

Para que estamos fazendo isso? Em troca do quê? Para provar para nós mesmos que a cultura não foi nossa culpa, que somos vítimas de uma evolução sem deus?

Estou devastado, não aguento mais ficar aqui, mas a vida continua e hoje é dia do quarto corte de cabelo de Unaçolandê.

Unaçolandê é uma das senhoras mais velhas de Tetewãisipëteri. Usa no pulso três mechas de cabelo, pois já três vezes o prolongamento de seus cabelos chegou ao tamanho correto para o corte: sem olhar para cima, o cabelo deve chegar ao chão.

Xapono hwesika pooro, a cabana dos cabelos cortados, é onde os Tetewãisipëteri guardam todos os cabelos que colhem da cabeça das mulheres. Pela quantidade de vezes que cortou os cabelos, Unaçolandê deve ter quase sessenta anos.

Não sei o que fazem com os cabelos na cabana dos cabelos, hwesika pooro é o único lugar que o hekura não me deixa entrar mesmo quando oferecidas espingardas, machetes, perucas e até mesmo barcos.

O hekura e alguns de seus próximos cheiram epepe para o ritual do corte. O alucinógeno é soprado nas narinas. Recebo o alucinógeno em troca de duas machadinhas e um cachorro. O epepe é muito forte, uma goma verde escorre do nariz ao cheirá-lo e, ao que parece, minha consciência, que normalmente é plana como uma chapa de ferro, começa a derreter. A última coisa que ela me lembra é que hoje é o dia em que Bernard Strauss disse (em sua carta) que chegaria.

O pó do epepe me dá uma dor de cabeça imediata; segue um descontrole visual, um esfumaceamento, e então as cores renascem, mais misturadas, sem contornos & separações. Como a maioria dos alucinógenos, o epepe aumenta minha percepção, transformando as informações recebidas pela sensações em informações de fogo. É como se todas as cores estivessem para morrer e gritassem.

A confusão total é a regra enquanto você, viciado em controle, tenta controlar as cores. A segunda fase do epepe é bem mais tranquila e começa quando você nota o tamanho da obra e aceita que você é uma cor, específica & misturada.

Pisco e noto que a festa do corte continua. Minha consciência dá descarga na segunda fase do epepe e me devolve alguns trocados de consciência & responsabilidade. Anoto em meu caderninho: "Prédios & culpa: essas foram as primeiras coisas que inventamos para criação da nossa própria natureza: prédios & culpa. Tudo que criamos foi só um grande Não à natureza. Mais nada".

O hekura tira um pedaço do cabelo para experimentar. O cabelo chega a se arrastar ao chão como o véu de um vestido negro. Hekura pega o chumaço de cabelo, morde, engole e cospe, bravo. Nem retirará o cabelo da cabeça de Unaçolandê. Não vale a pena gastar o fio da faca: o cabelo está velho, fino, fraco, esbranquiçado.

O hekura está brabo de gastar tantos recursos da tribo para aquilo. Unaçolandê sai correndo o mais rápido que pode, entra na mata fechada da Serra Parima, chorando, levando o cabelo no colo como o espírito de um feto negro morto.

Saio correndo atrás dela.

Alcanço-a. Ela tenta brigar comigo da mesma forma que, de início, briguei com o huya, através de empurrões parecidos com sumô. No começo, não sei se é moralmente aceito brigar com uma mulher entre os Tetewãisipëteri. Depois esqueço essas coisas e a derrubo. Ela cai de costas e logo levanta os joelhos para pôr as solas no chão e voltar a usar a terra como sapato.

Ainda chora quando subo por entre suas pernas e lambo as lágrimas de suas bochechas. Não faço sexo há meses.

Moças Tetewãisipëteri que já menstruaram são disputadas em cabos de guerra feitos com os braços da mulher. Os jovens huya puxam para um lado, e velhas senhoras como Unaçolandê — muito fortes — puxam para o outro. Incansáveis, em alguma tentativa os huya Tetewãisipëteri acabam ganhando o cabo de guerra, levam a menina para a mata e a estupram, cada um. As mulheres Tetewãisipëteri acabam tendo casamento negociado pela família mais cedo então. Aos sete anos já estão prometidas. É a promessa de ser estuprada por um homem só. Unaçolandê é viúva, já não tem mais esse contrato social de proteção.

Ela aquieta-se devagar, beija-me e vira de costas, ficando de quatro, com as solas dos pés à mostra, um sinal de entrega entre os Tetewãisipëteri. Pouso as mãos na pele enrugada, duríssima, branca como a minha, da sola de seus pés, e ela geme. Massageio forte a pele do pé. Ela começa a ter espasmos na barriga e dobrar o tronco. Goza, noto. Pés são sagrados, o que é sagrado é erótico. Tento penetrá-la, mas sua velha pele me desmorona o desejo. Ela percebe o problema, levanta, sai. Creio que tenha ido embora, mas volta quinze minutos depois. Na mão, um fruto amarelíssimo por fora e rosa por dentro. Atatooko é o nome do fruto, ela diz, e abre o fruto para pôr em meu pênis. Muito quente. Me assusto e me defendo. Ela abre as pernas e põe o fruto na vagina que se abre ao mínimo toque do fruto amarelo.

Deixo-a pôr o fruto em meu pênis, mas não funciona.

Giro-a, ela senta a bunda no chão e põe as duas solas dos pés juntas e perto de sua vagina. Ponho meu pênis em sua boca. Ela não sabe o que fazer, então ponho sua mão na minha boca e chupo seus dedos. Ela aprende por imitação. Pego em seu cabelo e ela geme e tem um outro espasmo. O que é sagrado é erótico. Eu ajoelhado e ela sentada, ponho seu cabelo gigante nas minhas costas, por cima de minha cabeça, e fico ali embaixo, como dentro de uma onda negra no mar da noite. Gozo em sua boca. Ela cospe enquanto ri dos meus costumes.

Unaçolandê recolhe o cabelo, eu me deito no chão.

Diminuo a respiração para então ouvir o som da água que corre como cobra escondida no meio da Serra Parima. Unaçolandê fica de joelhos, pousa o cabelo gigante na terra, em sua frente, passa a mão em sua vagina e depois nas partes brancas & acinzentadas de seu cabelo, penteando-o e espalhando com os dedos as suas secreções como se fossem creme.

Quando voltamos para a aldeia, mesmo no escuro, a situação está escancarada em nossas faces. As pessoas vão saindo das redes onde dormem. Nos olham, alguns rindo, outros sérios, bravos, curiosos. Tenho medo, pois um círculo naturalmente se forma em volta de nós. Aqui em Tetewãisipëteri, quando um círculo se forma, ou é celebração ou é julgamento. Sei que se trata do segundo caso. Com a tensão hormonal sob controle, percebo inteiramente o que acabo de fazer. Transei com uma senhora Tetewãisipëteri, pois não há nome para esse crime em minha cultura. Se tivesse transado com uma jovem seria pedofilia, se tivesse transado com uma mulher adulta seria adultério, pois a maioria das Tetewãisipëteri adultas são casadas, ou seria estupro, pois as Tetewãisipëteri que não são casadas fogem dos homens como meu diabo foge de minha cruz. Transei com uma viúva velha porque era o único crime sem nome definido em minha cultura e, nessa minha cultura, o que não tem nome não é crime. Mas sim sou podre como Jacques Chagnon.

Apesar de Jacques Chagnon fazer as barbaridades que faz, sei que ele analisa bem o status quo de cada um para não ser morto enquanto dorme. Penso que com Unaçolandê não há perigo de gravidez, então a tribo não correria risco de miscigenação e assim o hekura não me julgaria tão mal.

Uma das filhas de Unaçolandê chega perto de nós dois e começa a cheirar nossos corpos. Cheira a vagina da mãe e imediatamente começa a puxar Unaçolandê para o chão. As duas brigam ferozmente, a socos. Não ouso me meter. A mãe também segura o cabelo da filha com uma mão. O hekura separa e manda começar o rehokixi-xeyou: a briga com socos no peito, cada uma de uma vez. É terrível e não sei o que fazer. Grito para que o hekura faça alguma coisa, mas ele só observa a luta com desprezo. Depois de sete sessões de socos, as duas últimas com pedras dentro das mãos, finalmente o hekura solta um berro e a luta acaba.

Hekura vai até Unaçolandê e sua filha. Enfia a mão na barriga delas para que parem de respirar tão forte. Ele grita e elas engolem a respiração, parecendo balões vermelhos cheios de hélio, prestes a explodir. Unaçolandê me puxa para perto delas. Hekura cheira meu pênis, cheira a vagina de Unaçolandê e ri. A filha grita coisas agudas que não entendo.

Hekura cheira o cabelo de Unaçolandê, desembainha seu facão, corta e come um pedaço do cabelo de Unaçolandê. Ele grita algo e dois Tetewãisipëteri me seguram. Hekura volta os olhos para o que já havia decidido. Unaçolandê permanece calma, pois já entendeu. Hekura faz um pequeno ritual de adeus, juntando os cabelos de Unaçolandê na mão, em cima da cabeça dela. Unaçolandê, sorrindo, ajoelha-se e inclina o tronco para frente para facilitar o corte. O osso da espinha dorsal de Unaçolandê salta com a curvatura das costas. O hekura grita e todos olham a lâmina do facão descer sete vezes, atravessando a face de Unaçolandê. O corte é feito horizontalmente, na altura do nariz, até que o hekura possa segurar nas mãos apenas os olhos, a testa e o muito cabelo de Unaçolandê. Vomito pela segunda vez em Sierra Parima, primeiro com a morte de um bebê, agora com a morte de uma velha senhora.

A filha de Unaçolandê chora de forma estranha, chutando o corpo sem cabeça da mãe. O hekura levanta a metade de cabeça cheia de cabelos & grita Unaçolandeiwe, começando o discurso sobre o espírito de Unaçolandê.

Só agora entendo que, para eles, o espírito mora nos cabelos. Disseram-me que os cabelos são tecidos mortos que ainda assim são nutridos pelo corpo, pela mente, pela raiz, como o espírito. Entendo agora também por que os Tetewãisipëteri dão tanto valor aos seus pés, consideram as raízes dos cabelos da terra.

Hekura rumina um pedaço de cabelo, enquanto caminha arrastando a metade da cabeça de Unaçolandê nas mãos. Carrega-a pelos cabelos, a meia-cabeça batendo no chão. O sangue dela se mistura à areia e engrossa, deixando um caminho que leva até a cabana dos cabelos.

O epepe devolve mais um pouco de minha consciência e meu sensor antropológico reacende, talvez como uma defesa psicológica para o assassinato consentido que acabo de testemunhar. Volto a encarar aquilo como pesquisa e não vida. Tenho que entrar na cabana dos cabelos.

Hekura me faz parar na porta. Mostra a faca e aponta para os dedos nos meus pés. Tiro os olhos dele e ofereço a última coisa que guardo com severidade dos índios. A coisa que, quando eles se aproximam, me faz apontar uma arma para suas faces. A única coisa que o xamã irá aceitar em troca da entrada de um nabe na cabana dos cabelos. Ele nega. É agora. Tenho que arriscar. Aponto a arma em sua cara e ofereço novamente a Mandela, minha cadela, a última coisa que realmente tenho fora de mim. O hekura fica sem saída. É uma negociação mafiosa suicida a minha, ofereço duas coisas ao mesmo tempo: dar-lhe tudo que tenho ou tirar tudo que ele tem. O corpo do hekura congela por um momento e seus olhos variam entre mim, Mandela e a arma. Ele avalia seus ganhos e perdas em cada ação que pode realizar. Finalmente, solta a faca no chão e vem em direção à Mandela com uma felicidade de criança. Dou um passo para dentro da cabana dos cabelos e todos Tetewãisipëteri olham para mim e então para seu hekura. Os olhos do hekura se tornaram baixos & itálicos, movidos por uma pequena fúria de quem vê um presente perfeito e depois enxerga o preço absurdo na etiqueta.

Já não sei o que estou fazendo. Estou só indo para frente, para cima da vida na forma mais rápida & grosseira possível, para que ela se mova logo, se for em direção à morte, que assim seja, só peço que seja logo. Não aguento mais.

A Cabana dos Cabelos: Redonda. Muito grande. Os Tetewãisipëteri fazem um círculo, cercando algo. Passo entre eles e noto que não gostam de me ver ali. Mesmo assim, aceitam-me em seu ritual e assopram mais epepe em meu nariz. Não me importa, eu apenas quero e desejo e preciso ver. Perdi dois anos e três dedos dos pés, mordidos por morcegos durante a noite, para isso. Preciso ver. Preciso ver porque fizemos tudo isso, eu & Jacques Chagnon. Saber por que vivem. Pelo quê! Atravesso todos. Chego ao meio da cabana dos cabelos. Está escuro. Puxam algumas cordas e abrem o teto da cabana gigantesca, feita com bambus de oito metros de altura. A luz da poribo, a lua, entra azulada e se mistura com a luz amarela & vermelha da fogueira. No centro da cabana, estão milhares de cabelos entrelaçados, um por cima do outro e outro por cima de um, num trabalho têxtil de não sei quantos milhares de anos, mas de, com certeza, quase quinhentos metros quadrados. Os cabelos entrelaçados ficam suspensos, como uma rede gigantesca, presos nos tacapes reforçados da cabana. Meus olhos percorrem o centro do tecido monumental e chegam às bordas: meias-cabeças de índios mais velhos — olhos, testa e cabelos — enfeitam as bordas. O hekura, já com Mandela amarrada em si, carrega a cabeça de Unaçolandê até a ponta e a prende no canto da obra, como um enfeite.

Hekura, com Mandela, passa por cima das cabeças e pula para dentro da rede de cabelos. Todos seguem. Sigo também. Deitamos no tecido e a sensação é orgiástica. Sinto como se fôssemos uma colônia de formigas andando pelo cabelo de uma deusa tão linda quanto morta. Estamos em suspenso e juntos. Deito, olho para o céu estrelado do teto aberto, me esqueço das metades de cabeças que nos cercam. Esqueço que recém morreu uma senhora. Estou deitado e sorrindo.

Quando a filha de Unaçolandê engatinha ao meu lado, a curiosidade toma conta de meu espírito e a seguro, perguntando o que é tudo aquilo! Ela responde simples, pouco & apenas:

— Kui.

— Kui?!

— Pata kui.[7]

Vou correndo confirmar com o hekura, e ele confirma, "Pata Kui", sim, aquilo é um Grande Não Sei. Sinto

7 — Não sei. / — Não sei? / — Um grande não sei.

um desconforto enorme. Talvez seja outra fase, ainda desconhecida, do epepe. Não entendo e dói. Pergunto mais, insisto, Mandela late para mim encoleirada por hekura. Ele só diz que aquilo é um Grande Não Sei.

Diante da minha indignação desesperada, hekura tenta explicar mais, mas não há mais o que explicar. Por isso a cabana dos cabelos? Por isso vivem? À espera disso?! A inutilidade da teoria de vida de gente tão original me causa embrulhos no estômago. De novo, busco e gasto anos para achar alguém que saiba o que está fazendo e encontro apenas índios que dão sua vida em prol de uma cama elástica imbecil costurada com os próprios cabelos & cabeças. Não sabem o que estão fazendo!

Passam-se duas horas, acho, e hekura chega sorrindo para mim. Ele e Mandela, enquanto eu estou jogado num canto. Ela late para mim, lembrando pelo que a troquei: absolutamente nada.

Hekura se inclina no meu ouvido, muito feliz, como uma criança que acaba de aprontar alguma coisa e me diz "Nape! Mokohiro Kiripema! Mokohiro Kiripema!". Sei o que ele quer dizer. Primeiro me chamou de estrangeiro, em vez de primo (xori), que é o mais educado & íntimo. Segundo, disse que o que eu cheirei não era epepe, o pó dos xamãs, mas sim kiripema, o pó do medo.

A consciência de que estou com o medo aumenta ainda mais meu medo, pois ele é um medo inclusive lógico & muito correto: estou numa cabana indígena sem lei, com cabeças sem corpo, drogado de medo, apontei uma arma na cara do chefe e já não tenho esperança de que esses índios façam sequer sentido. São loucos. Como todos nós, são loucos. A humanidade, a cultura, qualquer cultura, são doenças, e o que o índio fez, no máximo, foi manter-se menor e portanto menos doente. Se corressem para frente, iriam com certeza em direção à nossa loucura. Souberam parar. Kutao, Peterpanteri. Kutao.[8]

Estou com medo total do futuro da humanidade inteira. E de meu presente. Nunca soube o que eu estava procurando e agora não sei mais nem onde me perder. Tenho medo do lugar para onde vão minhas esperanças, agora que morrem.

Estou neste emaranhado de cores gravíssimas, no meio da noite forte, gorda, amazônica, iluminada apenas pela azulada poribo[9] e pela grande fogueira que é eternamente acesa na noite da xabono.

Mais três horas passam e o pó do medo continua fazendo forte efeito em mim. Estou apavorado.

Barulho absurdo, luzes branquíssimas, começam a cair da poribo, bem em cima da rede de cabelos feita pelos Tetewãisipëteri. Não me lembro de nada que seja daquele tamanho & luz na natureza sem recorrer aos mitos indígenas de peribowe, o espírito da lua que, ao ser flechada, sangrou, dando origem aos Yanomami mais violentos, feitos de puro sangue, e os Yanomami mais pacíficos, originados da parte do sangue da lua que caiu no Rio Orinoco e diluiu-se.

Um vento de ciclone começa a acompanhar a luz que desce com barulho ensurdecedor & tamanho amazônico. O vento criado por aquela coisa faz voar todos os cabelos

8 Chega, povo peterpan. Chega.

9 Lua.

& cabeças da cabana, tudo emaranhado saindo voando como um espírito terrível da noite.

Abro um sorriso. Deve ser deus, brabo como eu com a falta de sentido humana. Infelizmente, não é. É um helicóptero. Um helicóptero militar venezuelano trazendo Bernard Strauss. O pequeno deus da antropologia destrói, sem nem saber, a rede de cabelos milenares dos índios. Os Tetewãisipëteri nunca viram um vento tão concentrado e tão forte. Correm aterrorizados tentando recolher os cabelos e cabeças perdidos. Os cabelos voando apagam a maioria das fogueiras. Eu corro para perto do helicóptero e grito para abrirem a porta. O próprio Bernard Strauss abre, eu aponto uma arma na cara dele e digo para, pelo amor de deus, irmos embora. Assustado, ele tenta argumentar. Aponto a arma para minha própria perna & atiro. Fecho a porta do helicóptero e digo que preciso de um hospital e é sua obrigação levantar voo. Aponto a arma novamente para ele. Ouvimos batidas na porta, é Jacques Chagnon, desesperado, querendo entrar. Os índios querem matar o vento & seus donos. Abro a porta, ele vê meu sangue, fica parado, em choque, eu aponto a arma para cabeça dele, Jacques Chagnon entra em um segundo choque. Mando todos do helicóptero olharem para o outro lado. Piloto, Bernard Strauss, Fontanawe está lá também, além de um desconhecido, todos olham para o lado onde Jacques Chagnon não existe e eu olho bem nos olhos dele, informando-o que em alguns segundos o mundo inteiro será um círculo onde em nenhum ponto se poderá encontrar Jacques Chagnon:

— Eu sei tudo o que você fez, francesinho filho da puta.

Minha arma vai baixando, chega até a altura do pau

dele. Os índios espancam o verde do helicóptero com tacapes e atiram flechas com seus arcos gigantes em direção ao monstro grande que acaba de destruir o espírito de Tewãisipëteri. Uma flecha pega em meu ombro, várias entram nas costas de Jacques Chagnon, que resiste em pé na esperança de entrar no helicóptero e fugir. O piloto militar venezuelano mantém as hélices girando com toda velocidade e grita que temos de sair dali imediatamente, ou resgatamos "el blanco" agora ou o deixamos ali. Atiro. Um furo vermelho mágico surge no meio das calças de Jacques Chagnon. Ele grita, gira e cai de barriga para baixo no chão. O piloto entende que o abandonaremos e começa a levantar voo. Com calma, miro onde acredito que esteja, escondido embaixo de suas roupas, o cu de Jacques Chagnon.

— Tomou no cu, francesinho filho da puta — e atiro.

Respiro por um segundo com alívio. O helicóptero suga o ar e começa a levantar voo, criando um redemoinho de cabelos embaixo de nós. Olho para o velhinho Bernard Strauss para ver o que ele está achando de tudo isso, mas ele não olha de volta para mim. Está olhando e gritando como um jovem, tem as mãos na cabeça e vê algo na parte aberta do seu lado do helicóptero. É a meia-cabeça de Unaçolandê, a velha que acaba de morrer está voando, apavorando e fazendo Bernard Strauss acreditar que vê um real espírito. Olho para o piloto e vejo que os muitos cabelos tapam sua visão, grudados no vidro. Ele diz que vai atirar no que quer que aquilo seja. Fontanawe está com as mãos na cara e tenta falar com os espíritos. O helicóptero começa a ficar desgovernado. Perucas e cachorros começam a cair em direção ao solo. O piloto repete que quer atirar e Bernard Strauss faz com a cabeça tímida um pequeno sim. É agora. Eu nunca soube o que fazer, mas, nesse momento, me mexo sozinho. Atiro na cabeça do piloto e empurro o manche para o lado, com calma, quero prestar atenção na vida enquanto ela vai embora de mim. Minha última visão de dentro do helicóptero é Mandela latindo, lá embaixo, em minha direção. Sei que não é uma imagem real, pois é manhã na minha visão, enquanto há um segundo era noite. Pisco os olhos e volta a ser noite. Vejo o helicóptero caindo na roça vazia ao lado da xabono dos Tetewãisipëteri. As pás da hélice se enfiam dentro da terra, não conseguem sair, quebram e voam para o tanque de combustível, perfurando-o. A explosão é muito bonita. As cento e trinta e cinco perucas trazidas de presente para os Tetewãisipëteri explodem conosco e saímos chovendo cores de fogo pela floresta amazônica. O véu emaranhado de cabelos, espírito que os Tetewãisipëteri criaram com as próprias mãos, cabelos & vidas, desce de sua batalha e nos apaga aos poucos.

Pela manhã, sobrevoo grandes regiões de mata fechada & nativa, sem estradas ou trilhas. Olho para o solo embaixo de mim e vejo apenas verde-ruë. Si wairuë hõyapou urihi komi-hami.[10]

---

10 Indo em direção à floresta não frequentada, silencioso verde-escondido.

Pra isso não virar uma lista de vestibular, vou agradecer somente aos envolvidos com o livro. Se eu te amo, tu provavelmente nota isso no meu olhar & no meu abraço. Quanto ao livro, quero agradecer ao Charles Kiefer, que me iniciou, incentivou, provocou, testou, aprovou, me puxou pra Literatura. Perfeito primeiro mestre. Pros meus irmãos & irmãs, exemplos pra vários lados da vida. À minha vó, Lulu, que antes de mim sustentava sozinha a veia artística da família, fazendo músicas pra cada um de nós. Pra minha família inteira, que gostava de minhas cartas infantis, deixava eu dançar & falar bobagem. Mal sabiam eles que eu faria isso tudo pra sempre. Pra Mara, pela minha educação. Aos meus amigos do colégio pelo humor afiado, pela cultura do rir de si mesmo, pelas teorias, pelas nossas diferenças. A Portugal, pelo sonho. Para a Gangue: gênios criativos, empolgados, jovens, vivos, cheios de querer. Pro Gabriel e pro Cássio, meus amigos & professores de filosofia. Pros colegas da pós-graduação, também meus verdadeiros professores & professoras, escritores & escritoras cheios de talento. Vocês me receberam assim muito muito bem. Agradeço especialmente às minas que me ensinam o que tem de mais novo & pulsante no estudo da Literatura, da cultura, da antropologia viva & atual: o feminismo. Ao Nick, meu vizinho & amigo, menino genial, de alma estrondosa e mente ampla. Pras minhas amigas maravilhosas que me apoiam de forma sensível & forte. Pelos chás na Simone com a Tanize. Pra Débora Noll, que passou comigo todo esse processo criativo e editorial de forma interessada, conhecendo minha verdadeira & escondida chatice, meu espírito emburrado, minha mimadíce e mesmo assim esperando para que eu voltasse a estar bem e ser engraçadinho. Ao Rosp que me deu a chance de ilustrar a capa e os contos do livro dele e ainda depois leu e ajudou a melhorar e publicar este livro que tu tem nas mãos, pela Não Editora. À Julia Dantas, sempre doce, sempre verdadeira. A todos que participaram e confeccionaram a beleza do livro: Samir, Guilherme, Christine, Paola, as últimas duas pelos textos lindos & participação delicorajosa. Ao Baldi pela apresentação do livro, apoio ininterrupto e as conversas sempre de igual pra igual. Minha mãe (de novo), pelo presente lindo que é este livro. Ao meu avô que tanto incentiva, gosta, aproveita a Literatura, principalmente mantendo espaços & dúvidas pra aprender de forma humilde sobre tudo. Faltou alguém? Posso agradecer a lugares? Ao Cabo Polônio, onde terminei uma versão disso tudo, pra Xangri-lá, onde terminei outra, pra zona sul de Porto Alegre, onde terminei outra, pra rede azul & também pra rede roxa da Casa Infânica, onde terminei outra. Pra Mandela, por ser minha companheira total, educada, empolgada, feliz. Amo vocês. Brigado.

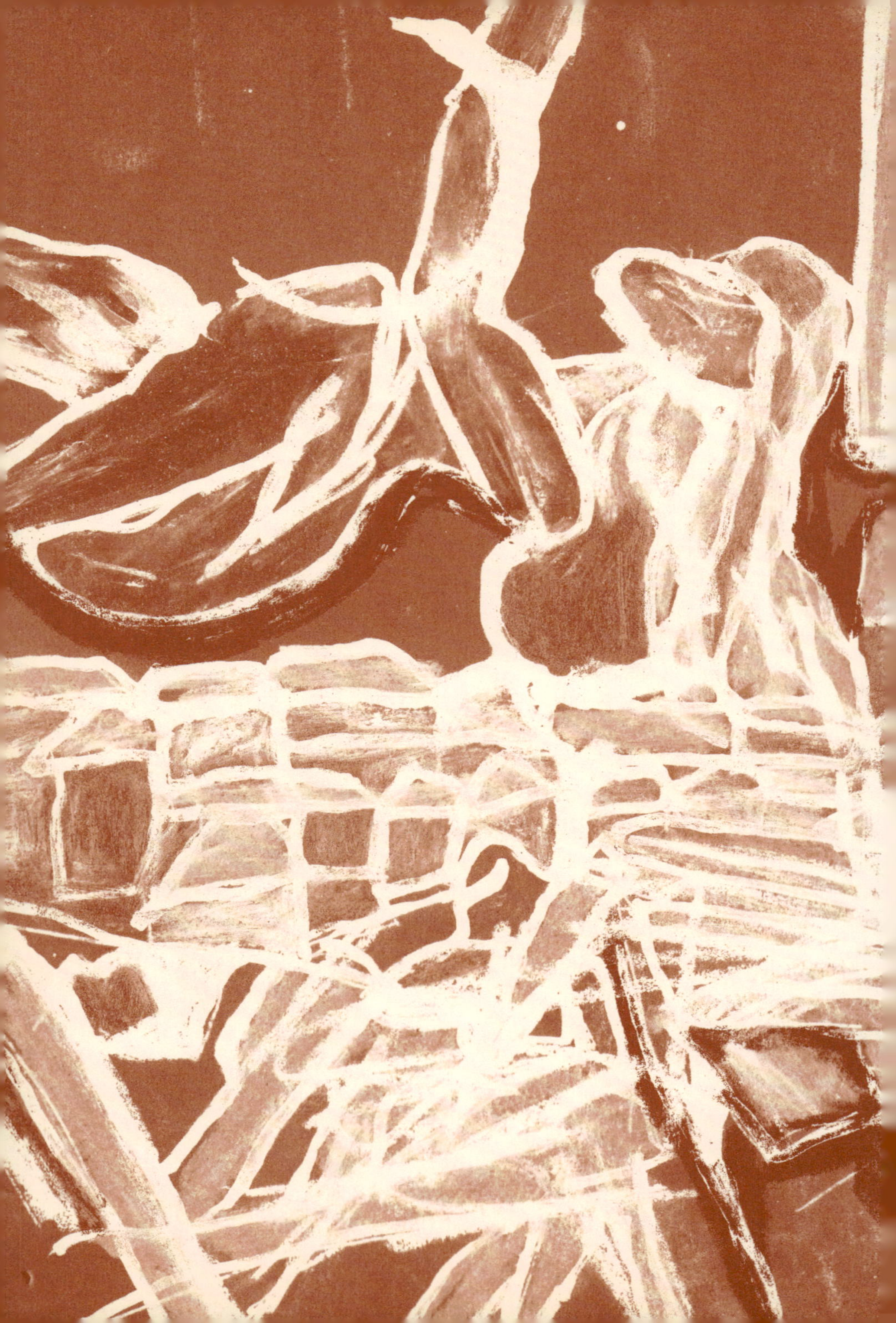

(autoras
convidadas)

Olá, sou eu, o autor.

Gosto de informar, como uma placa de estrada que nos filmes informa o nome da cidade em que você está entrando e a quantidade de habitantes, que a partir daqui há dois contos inéditos de duas autoras inéditas. São parte deste livro para que *Idioma de um só* seja o livro inclusivo que deseja ser.

Espero que aproveitem essa coisa sutil & misteriosa que torna única a voz de cada um de nós.

Beijos,
Ricky.

e os camarões têm o coração na cabeça

(Christine Gryschek)

com vinte e sete anos escreveu-leu-
ouviu sobre loucura: criou a partir da.
(pragmaticamente: ainda estuda e trabalha
com as aproximações entre arte, literatura
e loucura, dentro do campo psi). é de são
paulo e está em porto alegre. também poeta.

eu reparava nos olhos da santa, eu velava pela morte de cristo e sentia que era bom o seu sacrifício. era páscoa e eu olhava os devotos na igreja. nas fileiras adiante, eu vi meu padrinho e madrinha com minha prima. estávamos em casa: a paróquia de santo antônio, no bairro do limão, havia sido fundada pela família de meu avô materno: mané era o sobrinho do padre eusébio e ganhava todos os suspiros nas quermesses da igreja por ser, além de boa pinta, herdeiro de duas coroas latinas. o que ninguém sabia é que ainda não era 1929 e ainda havia carros e cavalos na fazenda onde meu avô foi criado.

se você reparar bem, vai ver que as pessoas aqui tem essa tendência de se machucar. olhe bem. olhe de perto. se aproxime. tu sabe lamber feridas. eu soube esconder. sem provas não há passado. esqueço teu nome em minha boca. me despeço. abro o primeiro botão o segundo o terceiro faço a mão. o gosto de merda na minha boca coincide com teu cheiro. esfrega mais, não sai.

cascaferida. meu avô escovando os cachorros. eu escovando os cachorros. eu caçando os tatus minimalistas, minisselvainfância. cinco anos, poucos dentes. tia ângela está nua e não me enxerga:

a tua sombra intercepta, intercepta, o ruído do demônio noturno para um mundo que te ignora.

olhos de pedra. lápis lazuli que captam o sofrimento do outro que junta tudo em uma mesma panela, corpo som dela que dissipa a loucura.

dou a volta. (ninguém falava sobre a nudez de dentro).

pressinto
minha tia nua no quintal
meu avô dormindo na varanda
minha avó dentro de mim
e
eu costumava me fazer de bruxa
tentando achar uma alquimia possível
tentando achar titia na pele sulfurosa do rosto
fazer beber tia
beber a gosma do próprio corpo
duvidar de si e não mais do outro
fazer as pedras dos teus olhos rolarem
o chão da selvageria
mas
a casa da infância desaba como o corpo da tia
esquizofrênica
eu não entendo
há quem tenha predileções por diários

eu me ofendo. contar sobre os bastidores sempre me pareceu uma espécie de agressividade. com quem escuta e com quem relata. mas temos lá nossa licença poética e um poema há de ser contado. a loucura como lirismo vende. o registro parece sensato.

ainda sonho: corredores, porão, copa, meio-dia. fodendo com um ou com uma correndo de uns e de umas. tuas mãos querendo arrombar a porta da cozinha. eu não abro.

eu gostava de estar lá dentro. os brasões enquadrados na sala, a decadência de descendentes da coroa. café queimado. ampola rasa — então me diz por que isso de certa forma me governa.

pés em ponta — enfrento a lateral, passo a região montanhosa dos cactos, desamarro as correntes do portão, estou na porta no porão, não tenho a chave: marcha ré — cozinha em sol de outono, ufa, não tem gente na sala. abro o armário boto no bolso com pressa (a chave). passo rápido. agora vou pelo outro lado. o poti pula, faço carinho, me dá a pata, eu abraço o poti. o porta chapéu tem espelho opaco — eu entro. eu olho e não me vejo.

vasculho.

pó poeira outra porta: nas frestas — entulho barulho dos ratos. meu tio-avô silvio teria morado aqui depois de colocar fogo na casa da rua de cima.

vasculho.

uma caixa dentro de outra caixa, dentro de outra, uma câmera, um oráculo: eu deveria sair do mundo das palavras e entrar no mundo das imagens. eu não sabia botar o olho não sabia olhar. dentro daquela dinâmica eu aprendi a preservar minha visão periférica. darwin também tem lá sua razão. me perderia ao manter o foco.

tranquei a porta.

segui.

we must travel
in the direction
of our fear
me diz vovó como eu faço pra
ver o mundo. eu pedia todos os dias o binóculo pra olhar pela janela, casa alta na colina do bairro do limão. eu queria enxergar longe. esquecer as estranhezas da casinha. fazia um círculo em volta
de mim
da casa
do bairro
em voltas. andamos em torno. o sol é uma estrela de terceira geração, significa que houve antes duas gerações de estrelas e o que sobrou disso gerou esse sistema em que a gente existe e
aquela história meio mística de que somos poeira de estrela
não é só misticismo
é uma realidade física.

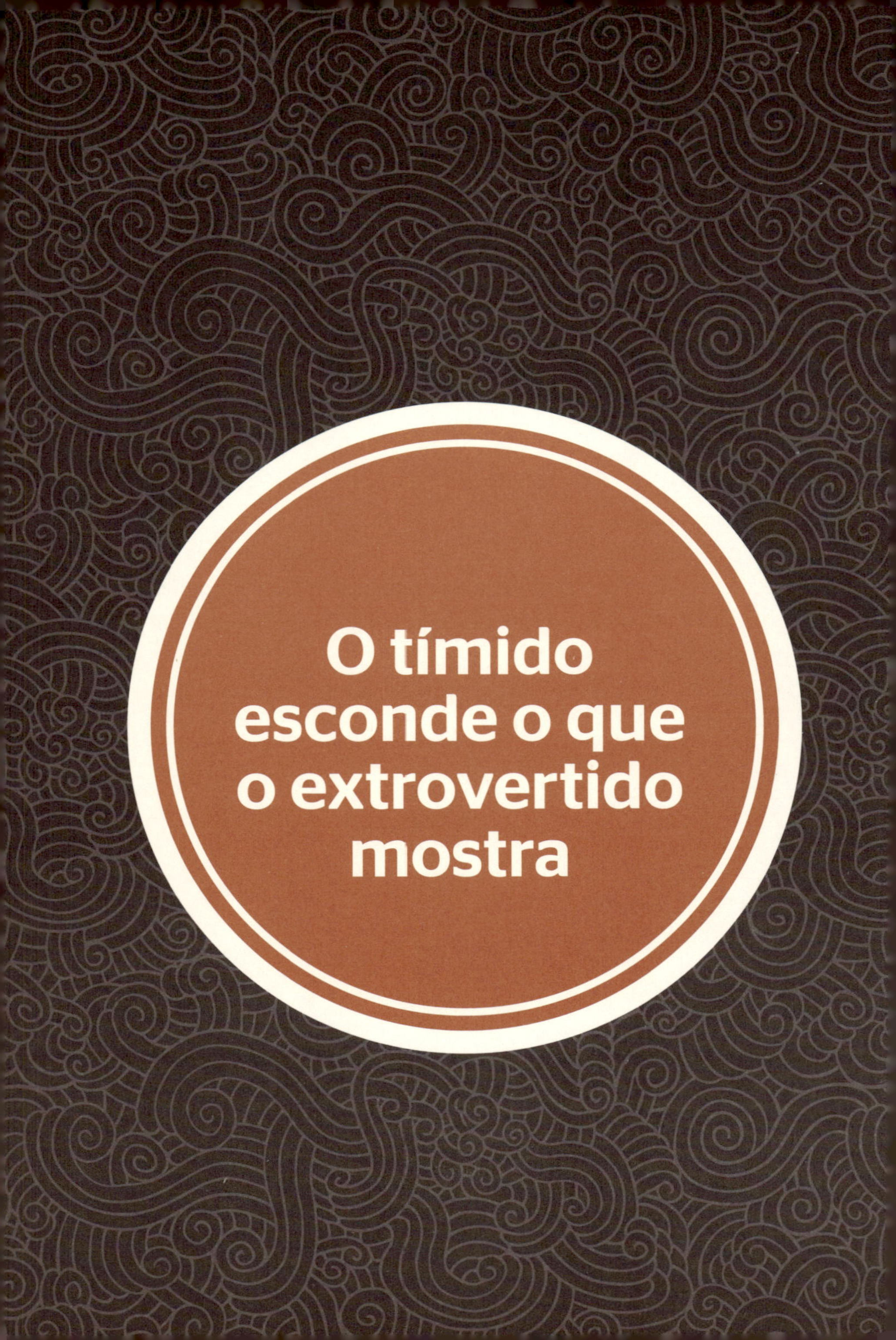
O tímido
esconde o que
o extrovertido
mostra

(Paola Santi Kremer)

Nasceu em 1990 em Porto Alegre. Atualmente vive em Rosario, Argentina, onde faz investigações em Literatura Comparada entre poesia brasileira e argentina a partir de conceitos como micropolítica, desterritorialização e gênero, como estudante do Mestrado em Literatura Argentina da Universidade Nacional de Rosario. Admiradora do portuñol selvagem, vem observando em si mesma os reflexos da desterritorialização, que se manifesta quando quer em parte de sua escrita.

Eu me pergunto por que gosto tanto dos óculos grandes e desse cabelo comprido que passa um pouco dos ombros dele. Suspeito que tenha alguma coisa a ver com confiança. Marcos é um cara baixinho, que caminha com postura de quem se sabe estranho, mas quer peitar o mundo mesmo assim. Desperta em mim uma curiosidade sobre de onde vêm essa estranheza e essa segurança. Talvez uma pessoa tão claramente insegura e segura ao mesmo tempo tenha que ser confiável, já que sentimentos opostos costumam tomar meu corpo o tempo inteiro. Sentamos numa mesa da calçada de um boteco e tomamos doses de cachaça entre cervejas para molhar as palavras, que, como em qualquer primeiro encontro, às vezes viram ossinhos secos que se desfazem em pó. Ao mesmo tempo me questiono sobre a necessidade de encher esses silêncios empoeirados de qualquer bobagem, afinal de repente eles nascem pra existir. Mas não posso evitar tentar liquidá-los com perguntas sobre família e qualquer outra coisa. Esses óculos grandes e o cabelo que passa um pouco dos ombros para mim são ternura, vejo neles a docilidade de quem já conheceu o sofrimento. Só quero que não seja mais um homem procurando o fundo escuro de uma boceta pra depositar os seus medos por um dia e se sentir poderoso.

A conversa chega a pontos excitantes de provocações políticas, temos juntos a tensão perfeita entre concordar sobre muito e discordar sobre o suficiente para despertar uma vontade deliciosa de destruição das ideias do outro. Quando sinto meu corpo quente de cachaça e provocações, e os meus olhos comem a boca dele enquanto a boca dele come os meus olhos desenhando um xis de cumplicidade no ar que abre uma porta a um tempo espaço zero, ele pergunta se eu quero tomar alguma coisa na casa dele, a duas quadras dali. Não hesito.

Chegamos e passamos direto ao quarto, onde um colchão no chão se abre em manchas escuras de anos aliviando o peso da gravidade sobre corpos. Ajudo a estender o lençol e nos deitamos já numa confusão de beijos e carinhos suaves e firmes que se transformam só na vontade do próximo toque. Entramos a madrugada obstinados a encher um ao outro de alguma coisa, como se a missão fosse cobrir cada centímetro do corpo de sensações que aliviem nossos medos desconhecidos. Ele parece fazer parte do grupo não tão grande de homens que não se satisfazem com o próprio gozo, que precisam do prazer do outro para sentirem-se completos. Isso combinado aos beijinhos e à mão que se perde nos meus cabelos faz com que eu adormeça com um sorriso na cara.

Eu já ouvi falar nisso, mas nunca percebi com tanta clareza: pela manhã, Marcos é outro cara. Ocupa todo o espaço com qualquer coisa que não carinho, qualquer coisa que afaste um da linha que invade a timidez do outro. Claramente não tem lugar para doçura neste quarto, mas decido arriscar uma investida meio forçada (vai que é uma timidez ligada aos óculos que lhe tapam a cara, trazida de volta pela sobriedade), que é discretamente rejeitada. Na confusão entre aceitar o fato e me mostrar indiferente e não querer ser usada de objeto, começo a me vestir. Ele me acompanha até a parada de ônibus que fica na esquina e nos despedimos com um encontro de bochechas.

O calor dentro do ônibus acentua o relaxamento do corpo depois de uma noite de amor. Mesmo só por uma noite pode ser amor. Amor não é uma instituição, cabe em mil formas, independente do tempo de contato. Me sinto orgulhosa de ter essa capacidade, a de fazer amor. Foi uma noite linda. Mas como será que ele adquiriu o superpoder de mudar de repente, de onde veio essa força que alterou até o ritmo dos gestos dele, até os detalhes misteriosos que montavam o jeito de olhar e pegar um copo, que faziam aquele acúmulo de massa virar um Marcos? Era outro cara, com o mesmo cabelo e os mesmos óculos. O ônibus freia e levanto o braço direito para agarrar o cano amarelo quente do toque de mil mãos de pessoas cansadas, felizes, tristes, perdidas, achadas. Vejo as expressões de duas mulheres, uma adolescente e um homem nos bancos ao redor: espanto, nojo, desprezo. Têm nojo dos pelos do meu sovaco. Não é a primeira vez que me acontece e por sorte eu já aprendi a sentir uma espécie de prazer no nojo dos outros, um orgulho que infla meu ego até preencher o corpo inteiro, expressado em um sorriso malicioso. É poder o que eu sinto, um poder que nem todas as mulheres do mundo têm o privilégio de sentir. Não é o mesmo poder que uma mulher de saltos altos e uma bolsa de marca sente, nem o de ter um corpo como o da revista e se sentir desejada por todos os homens, é o poder de ser mulher como se é, sem submeter o próprio corpo a nenhuma violência para ser aceita. Além disso, acho que cada vez que levanto o braço na rua estou dizendo a outra mulher que ela pode ser como quiser ser.

Desço pulando as escadas do ônibus, os ombros um pouco mais para trás que de costume, queixo para cima, e chego ao trabalho com aquela sensação guardada no peito e nas mãos. Estou quinze minutos atrasada e isso pode significar bastante num jornal online, mas não sinto medo porque sou uma mulher, me sinto muito mulher, mas também porque o chefe é um cara legal. Caminho pelos corredores e passo pela porta dele, que diz:

— Brenda, vem aqui um minutinho.

Entro preservando a força de mulher que gozou horas antes e que tem o poder de ser como quer ser e ouço dele sobre o que terei que escrever hoje. Entre instruções dadas com uma postura tranquila, não de quem gosta de exercer poder, mas de quem tem algo a ensinar, ele deixa escapar por um segundo um olhar diferente, desarmado, sobre os meus peitos. Se contém rapidamente e volta a dizer o que eu tenho que fazer. Enquanto eu saio, o chefe que é um cara legal diz em tom de surpresa:

— Que bonita que tu tá hoje.

Volto ao meu cubículo sem perceber o caminho, pensando no chefe e nos dois Marcos que conheci. Gostei tanto dele à noite e odiei tanto de manhã. Um cara bonito, legal, carinhoso, inteligente e também insensível, machinho, que só gosta da minha presença até o amanhecer. Um chefe gente boa, compreensível, que fala do meu corpo como se estivesse ali para agradá-lo. As pessoas no ônibus que lidam com mil problemas muito mais sérios e terríveis que os meus e têm tempo para me odiar por causa de pelos. Quanto disso é culpa deles? Maldades escondidas em senso comum isentam de responsabilidade? Será que eles sabem que são maldades? Pensei nos homens da minha vida e no poder que eles têm sobre mim. A única certeza é de que eles sempre vão despertar sentimentos que brigam, travessos, dentro de mim, como fadas-bruxas em guerra espalhadas pela cabeça e pelo estômago, peito, meus órgãos genitais e embaixo das minhas unhas — sentimentos de fada-bruxa confusa depois de vinte e seis anos dominada por homens, depois de vinte e seis anos amada por homens.

Talvez os caras não saibam que existem olhares de tesão que não machucam e existem olhares de tesão que pum, nos matam ali mesmo, no meio do escritório. E ninguém precisa nascer sabendo nada, mas quem tem coração pergunta. O chefe não sabe que agora que ele foi gentil e disse que hoje eu estou especialmente bonita eu sei que ele me observa desse jeito, eu sei que ele não tem nenhum problema em me dizer que me olha desse jeito, e que agora quando ele me chamar na sala dele, quando ele pedir barra ordenar que eu passe não sei onde para buscar um papel com ele, eu vou ter medo. Eu vou ter medo quando a gente descer no elevador juntos. Não necessariamente de estupro, mas daquilo que tem nome de abuso. Eles não sabem que quando meu chefe olha para os meus peitos com olhos que transbordam vontade de chupar eu quero e implodo de vontade de dizer vai tomar no cu e não posso e não vou dizer porque eu preciso do trabalho e então eu vou para casa com essa tomada no cu na garganta que é pior do que o gosto amargo da porra do cara de ontem que hoje de manhã se despediu de mim tocando a bochecha dele na minha.

ESTE LIVRO FOI COMPOSTO EM FONTES MINION PRO
E STAG SANS E IMPRESSO NA GRÁFICA PALLOTTI,
EM PAPEL LUX CREAM 90G, EM DEZEMBRO DE 2016.

ONTEM MEU FILHO MAIS VELHO disse que tenho 5% de chance de ser escritor. Antes disse pra eu arranjar um emprego de verdade. Antes disse que amor incondicional não existe, não é pra eu contar com isso. Eu disse que tava fazendo um livro pro mestrado em Escrita. Antes eu tava em Lisboa num sonho solitário — e fazendo cursos de Escrita. Antes tava em Porto Alegre, acabando a faculdade em Mentira e uns cursos tu sabe de quê. Antes eu tinha feito um poema ruim.
Hoje tu tem meu livro nas mãos.*

***NOTA DO EDITOR:** Ricardo Koch Kroeff nasceu em Porto Alegre, em 1987. É formado em Comunicação Social. Estudou também em Lisboa, na Companhia do Eu, Escrever Escrever, e é mestre em Escrita Criativa pela PUC/RS. Sua dissertação de mestrado foi este *Idioma de um só* (antes chamado de *Deng Linlin*). Além de escritor, é artista plástico e ministrante de